U0024334

謝泳 著

中國現代文學史料的搜集與應用

認識大陸作家系列

目　次

第一章　序論

第一節　中國現代文學史料概念

　　凡一門成熟的學科，應當具備相對穩定的文獻學基礎。周傳儒曾說：「近代治學，注重材料與方法，而前者較後者尤為重要。徒有方法，無材料以供憑藉，似令巧婦為無米之炊也。果有完備與珍貴之材料，縱其方法較劣，結果仍忠實可據。且材料之搜集，鑒別、選擇、整理，即方法之一部，兼為其重要之一部，故材料可以離方法而獨立，此其所以可貴焉。」[1]

　　陳寅恪在《陳垣元西域人華化考序》中，講他不願治經學，而願意選擇史學時說：「史學之材料大都完整而較備具，其解釋亦有所限制，非可人執一說，無從判決其當否也。」[2]

　　1940 年顧頡剛為《史學季刊》所寫發刊詞中曾說：「故作考據者常以史觀為浮誇，談史觀者亦以考據為瑣碎。近歲以來，辯爭彌烈。然歷史哲學家每以急於尋得結論，不耐細心稽察，隨手掇拾，成其體系，所言雖極絢華，而一旦依據之材料忽被歷史科學家所推倒，則其全部理論亦如空中之蜃閣，沙上之重樓，幻滅於倏忽之間，不將歎徒勞乎！故凡不由歷史科學入手之歷史哲學，皆無基礎者也。」[3]

---

[1]　周傳儒：《甲骨文字與殷商制度》，上海：開明書店，民國 23 年，第 1 頁。
[2]　《陳寅恪史學論文選集》，上海：上海古籍出版社，1992 年，第 505 頁。
[3]　《史學季刊》發刊詞，1940 年。

　　陳寅恪、周傳儒和顧頡剛這裡所說的材料，我們大體上可以視為文獻，今後我們不論研究對象有什麼變化，養成史料先行的觀念是非常重要的。所謂史料先行就是：凡做研究，先以整理相關研究對象的完整史料為研究的基本前提，在熟悉相關研究史料的過程中，發現問題，產生研究方向，在此前提下，再選擇研究的基本方法，無堅實的史料基礎，再高明的研究方法，也難做出一流的學術研究，只有在熟悉已有史料的基礎上才能談到發現新史料，新史料是相對舊史料才存在的，不熟悉舊史料也就無法判斷史料的新與舊。

　　強調史料的第一性並不意味著說史料即是史學，而是對史料重要性的一個判斷。因為史料本身並不能自行再現或者自行重建歷史，重建歷史的是歷史研究者的思想能力，是研究者的人生理解和社會體驗的綜合表現。史料本身是客觀的，不變的，但研究者對史料的判斷和理解則不斷在變，因為他們的思想在變化，他對人生的體驗在變。其實在具體的歷史研究中，客觀的史料和研究者的思想總是交織在一起，離開史料的思想是無力的。

　　材料和史料還不完全是一回事，材料是客觀存在，它所以能成為研究史料，建立在兩個前提下，一是直接與研究對象有關的材料，這種直接的材料相對容易判斷，二是可以與研究對象建立史料關係的材料，也就是說，那些表面看起來與研究對象沒有關係的材料，一旦能與研究對象建立史料關係，這種間接的史料，也就成為一種直接史料，能在一般材料中建立與研究對象的直接關係，是新史料產生的一個重要思路。我們可以通過下面這個例子來具體說明。

　　在中國現代文學研究中，魯迅研究是最成熟的，文獻積累也最完整，最有體系。一般說來，在已有文獻基礎上，再發現直接史料的可能性雖然還存在，但在事實和經驗中是極少了，這種發現只能建立在偶然性上，所謂可遇不可求了。不過在直接史料以外，還有沒有可能從間接史料中，再擴展出與魯迅研究相關的史料呢？我以

為還是可能的。比如魯迅留學日本期間學習過的教科書問題。如果我們能尋找到比較準確的魯迅留學日本期間所學習過的教科書，然後從這些教科書中的語言和現代知識方面，結合魯迅的作品，細讀文本，比較魯迅文體的變化，分析魯迅現代知識建立的途徑，就有可能更深入理解魯迅白話文的最初來源以及他學習過的教科書中那些與現代文明有關的知識，並瞭解這些現代知識是如何影響了他的思想。

魯迅 1902 年到日本留學，他先到弘文學院，主要是學習日語，再到仙台醫學院。要瞭解魯迅在仙台醫學校的情況，有魯迅自己的名文《藤野先生》，這就是我們所謂的直接史料，而弘文學院編製的《普通科、師範科講義錄》就是間接材料，如果能在這套講義材料和魯迅之間建立起真實的史料關係，這套講義材料，就可以成為魯迅研究中的新材料。

據「東亞公司發兌新書目錄」記載，這套講義的全稱是《普通科、師範科講義錄》（弘文學院院長嘉納治五郎先生監輯，清人王廷幹先生外七家譯）講義目錄如下[1]：

> 本講義錄係日本專門大家二十餘家所講說諸家分科專門將其所講授之稿本精益求精再三訂酌以成是書一翻是書則諸家之音容彷彿現在於紙上有躬親在講堂聽淵博之講說之思矣加學界多書良好是書則所未有也。本講義錄所載科目開。
>
> 《倫理學》、《日語日文科》、《世界歷史》、《地理學》、《地文學》、《動物學》、《植物學》《生理及衛生學》、《礦物及地質學》、《物理學》、《化學》、《法制》、《經濟學》、《算術》、《代

---

[1] 農學士八鍬儀七郎、農學士石崎芳吉同著：《家畜飼養泛論》，東京：東亞公司，光緒三十三年。

數學》、《幾何學》、《心理學》、《論理學》、《教育學》、《各科
教授法》、《學校管理法》、《日本教育制度》、《雜錄》、《科外
講義》

這套講義初版於明治三十九年（1906 年），是由原來弘文學院
各科的講義翻譯成漢語的，前有當時中國駐日本大臣楊樞、曾做過
日本首相的大隈重信和日本知名政治家長岡護美的序言各一篇，弘
文學院院長嘉納治五郎也專門寫了一篇《刊行講義錄要旨》，專門
介紹出版講義的意圖。講義前面附有當時弘文學院校舍的多幅照
片，特別是有當時中國留學生參加體育活動的照片。

當時弘文學院的中國留學生分為普通科和師範科，魯迅在普通
科，兩科的講義不可能完全相同，但肯定有些科目是相同的，而這
套講義可能是兩科所有講義的合輯。中國早期留日學生多和弘文學
院有關，如黃興、陳氏兄弟（師曾、寅恪）等，所以從這套教科書
的內容可以尋找早年中國留日學生的思想來源，它的重要性是顯而
易見的。當時類似的日文學習教科書比較有名的還有《東語完璧》
和門馬常次主編的《文法應用東方漢譯規範》，當時宏文學院也用
過這個教本，本書前也有院長嘉納治五郎的序言，因為這個教本中
有些課文是關於政治學方面的內容，比如國家的類型等，所以這些
早期現代政治學方面的知識，對學生會有影響。

《普通科、師範科講義錄》中有松本龜次郎講述的《日語日文
科》，這是當時中國留學生學習日文的基本教材。松本龜次郎曾回
憶過，當時周樹人、陳介和厲家福諸氏雖都還不滿二十歲，但他們
的漢文根柢都很深，協助他解決了許多問題。松本龜次郎說：「周
樹人就是後來中國有名的文豪魯迅，他從青年時代就表現出在這方
面的特長；他所譯的日文，不但簡練，而且還充分體會原文的風趣，

譯得十分穩妥而且流暢。當時他們同學間對他都極為推崇，目為模範。」[1]據松本龜次郎上世紀三〇年代末一篇文章中回憶[2]：

> 我教過的普通班浙江班的學生中，我還能記起的有幾年前去世、中國有名的文豪魯迅、就是周樹人兄弟，和擔任過（國民黨政府）駐德大使的陳介等人。我教他們時，因為他們已經學過一段時間的日語，所以都有相當的水平了。開始我給他們講日語文法時，用相同意義的漢語來作說明。有一次講到日語助詞「に」譯為什麼漢語最合適時，我在黑板上寫了「于」和「於」兩個漢字，說這相當於日語助詞的「に」。當時有一個叫屬家福的學生（後來在金澤醫科大學畢業，回國後在三十年代曾以中國醫學代表團團長身份參加在日本舉行的日華醫師聯合會）站起來指出說：用不著兩個字，「于」或「於」用一個就可以，因為「于」與「於」通，兩字同義。我當時的確不知道這一點。屬說完，魯迅（周樹人）站起來說：「于」、「於」兩字，一般情況下不作同樣用的，但也不是在任何情況下都完全相同，不過在「に」譯成中文時，用那一個都可以，在這時兩者是同音同意的。他們兩人的話，給我印象很深，至今還能記起。因為那時我覺得，對於漢字的用法、漢語的區別、還得請教漢字祖國的中國人，單靠書本上的知識是不夠的。那時候周樹人、屬家福都不滿二十歲，但他們在漢文方面的水平已很高。

---

[1] 朱志清：《魯迅的另一位日本老師》，《文匯報》，1982 年 6 月 10 日。轉引自倪墨炎，《魯迅的社會活動》，上海：上海人民出版社，2006 年，第 30 頁。

[2] 楊正光、平野日出雄合著：《松本龜次郎傳》，北京：時事出版社，1985 年，第 111 頁。

　　許壽裳《在亡友魯迅印象記》中曾回憶說，1902 年初秋他到弘文學院時，魯迅比他早到半年，也正在那裡預備日語。[1]

　　根據相關歷史人物的回憶，可以確認魯迅依靠《日語日文科》學習過日語，至少是同類教材中魯迅用過的一種。松本龜次郎在講義一開始就說：

> 近時清國學士大夫，翕然傾意於新學鑽研，不遠千里，東來就學者，以萬計。顧日語日文者，修諸學科之關鍵也。是以日語會話，日文典、日語用例等之書，公於世者，不啻汗牛充棟，陳陳相因，如食大倉之粟，獨未有文語用例一書，是誠學界之一大缺陷也。余久思編述，而未果。偶我弘文學院，有普通科、師範科講義錄發行之舉，而余擔當其日語日文科。自今按月講述許多文語用例，從易入難，由簡進繁，務與口語用例，相為聯絡，茲特舉以問世，聊供學者講學之便，讀者諒其意可也。[2]

　　在魯迅研究中，早期《日語日文科》講義的重要性，我以為至少有兩點：一是它例句中所使用的翻譯文字，在很大程度上接近於白話文，有些句式和辭彙的使用，可能與魯迅有關，松本龜次郎回憶中曾說過，魯迅在這方面幫助過他；二是這本日文教科書的例句中，有很多現代政治的內容，比如關於議會的說明有好幾處（主要是關於日本政治制度中的議會知識以及明治維新後日本教育體制方面的知識），作為青年人早期的思想來源，這些內容雖然是在學習語言過程中偶然接觸到的，但一般來說也會留在人的記憶中。也就是說，第一項，有可能影響了魯迅對白話文的自覺，他最早能用

---

[1]　許壽裳：《亡友魯迅印象記》，北京：人民文學出版社，1955 年，第 2 頁。
[2]　松本龜次郎講述的《日語日文科》第 1 頁，見《宏文學院師範講義錄》，，東京：東亞公司發兌，明治三十九年。

白話寫成《狂人日記》，與他早年學習日文的經歷可能存在一定關係。松本龜次郎的這本講義說得很明確，是要將「文語用例」結合起來，也就是要把書面語言和口語結合起來。《日語日文科》中的語言實例，以採用中國文化典籍中的例子為多，特別是《論語》《孟子》和《史記》中的語言材料。有些用法已相當口語化，如果我們把書中的例子完全和魯迅文字中的行文習慣對應研究，或許能從中發現魯迅文體的特徵。魯迅在《寫在〈墳〉的後面》中曾說過：「我以為我倘十分努力，大概也還能夠博採口語，來改革我的文章。」[1]第二項，日文教科書中的知識內容，有可能在現代知識方面潛移默化過影響過魯迅，這對我們以後研究魯迅早期思想的真正來源有幫助。下面我抄錄《日語日文科》中一些典型的例句句型：

> 何處地方是最適人間之生活乎？溫帶地方是最適人間之生活。
> 何處國土是位於溫帶地方乎？世界文明國皆在溫帶地方。
> 石炭多在何處地方採掘乎？石炭多在九州與北海道採掘。
> 生絲多產在何種地方乎？生絲多產在長野縣與群馬縣。
> 君由何年留學於敝國乎？我從貴國明治三十五年四月留學。
> 余他日將從事礦山。
> 明年我弟亦將來日本。
> 理化學之研究，今後當倍開。
> 來月上旬遼河當結冰。
> 此船回航再歸來日本之時，想上野向島之櫻花當滿開矣。

在這些例句中，可以明顯看出由淺近文言向白話文過渡的痕跡，有意思的是例句：「君由何年留學於敝國乎？我從貴國明治三十五年四月留學……明年我弟亦將來日本。」完全與魯迅的經歷相

---

[1]　《魯迅全集》第 1 卷，北京：人民文學出版社，1987 年，第 286 頁。

合，如果這個事實成立，我們就有可能建立起這套教科書與魯迅的聯繫，並在這個事實的基礎上，深入展開魯迅研究的新方向。

魯迅《中國地質略論》是魯迅早期的一篇文章，它的具體來源，魯迅本人也曾說過「我記得自己那時的化學和歷史的程度並沒有這樣高，所以大概總是從什麼地方偷來的，不過後來無論怎麼記，也再也記不起他們的老家。」[1]如果瞭解弘文學院的教科書，多少可以發現一點「他們老家」的線索。

魯迅在《中國礦產志》的「例言」中說：「篇中專名為多，而中國舊譯，凡地層悉以數計，今則譯其義若音，地史系統亦然」，魯迅同時列出了這樣一張表格[2]：

（一）原始代
　　（1）片麻岩代
　　（2）結晶片岩紀
（二）太古代
　　（1）康勃利亞紀
　　（2）希廬利亞記
　　（3）疊伏尼亞紀
　　（4）煤紀
　　（5）二疊紀
（三）中古代
　　（1）三疊紀
　　（2）儌拉紀
　　（3）白堊紀

---

[1]　《魯迅全集》第 7 卷，北京：人民文學出版社，1987 年，第 4 頁。
[2]　劉運峰編，《魯迅全集補遺》，天津：天津人民出版社，2006 年，第 4 頁。原文後有英文原名，為簡明此處省略。《魯迅全集》第 8 卷中收入的版本雖然稍有差異，但不影響本文的基本判斷。

（四）近代紀

　　（1）第三紀

　　（2）第四紀

　　　《弘文師範講義》第二卷中有佐藤傳藏講授的《礦物學及地質學》，其中第三章「地殼之發達」中也有一個表格如下：[1]

始原代

　　一、片麻岩紀

　　二、結晶片岩紀

古生代

　　一、前寒武利亞紀

　　二、寒武利亞紀

　　三、志留利亞紀

　　四、泥盆紀

　　五、石炭紀

　　六、二疊紀

中生代

　　一、三疊紀

　　二、侏羅紀

　　三、白堊紀

新生代

　　一、第三紀

　　二、第四紀

---

[1]　《宏文師範講義》第二輯之《礦物學及地質學》，東京：東亞公司發兌，明治三十九年，第 75 頁。

我們比較這兩張表格，雖然有些專有名詞的譯法並不相同，但它們同出於一個知識系統，大概是肯定的。

《宏文師範講義》教科書是一個比較系統的現代知識體系，我們雖然沒有確切證據證明魯迅修過所有這些課程，但從一般邏輯上判斷，這個知識體系肯定具體影響了魯迅關於現代社會的認識並同時建立了他的現代知識系統，特別是其中除自然科學以外的現代知識，如《倫理學》、《世界歷史》、《法制》、《經濟學》、《心理學》、《論理學》、《教育學》、《各科教授法》、《學校管理法》、《日本教育制度》、《雜錄》、《科外講義》等，如果我們能在這些間接的史料中建立起與魯迅的直接關係，魯迅研究史料的擴展，也就會別有天地。

關注直接史料無疑非常重要，但更重要的是發現一般史料和研究對象間的重要關係，當一般史料和研究對象間的真實關係確立後，我們就有可能重建研究對象和史料間的邏輯分析前提，魯迅研究史料擴展問題解決得好，今後的魯迅研究就會有更堅實的文獻基礎。

處理材料與史料的關係，首先是要意識到建立材料與研究對象間的關係，有時候，那些看起來與研究對象沒有直接關係的材料，也可以成為史料。關鍵是看我們如何把這種材料納入與研究對象有關的知識系統中。我也舉一個與魯迅研究相關的例子說明，1926年前，中國知識界如何評魯迅的文體。

我不選擇個別作家或者朋友、仇人的說法，因為那種評價多數帶有個人情感因素，是一種各說各有理的判斷，喜歡還是厭惡都很正常。我想尋找一個較為客觀的事實，然後以這個事實說明當時中國知識界對魯迅文體的評價。關於這個問題的史料方向，我的思路有兩個：一是尋找當時的國語教科書，二是尋找當時的國語教輔材料。我的基本判斷非常簡單，如果那個時候魯迅文體得到了全社會的認同，或者大家都注意到了他文體的價值，那麼應當體現在當時的這種材料中，如果這兩種材料中都不收魯迅的文章，那麼我們評

價魯迅文章在當時的影響和他文體的獨創性，就要非常謹慎。不是說凡收入這種材料的文章就都比魯迅的文章好，但至少可以說明當時社會對魯迅文章的態度。我本來想找到較為完整的這兩種史料，但因為條件限制，收穫不大，我只找到了一本。嚴格說，依靠這本材料來說明我上面的想法，是一個不具備隨機抽樣資格和條件的選擇，但從這個材料中引出可能的判斷思路，還不能說完全不具備前提，如果選擇五本以上或者更多此類史料然後再來分析，可能更具說服力，我的努力只是想從另一個方面說明，判斷魯迅文體的歷史地位，可能還需要當時另外的史料方向。

我選擇的國語教輔材料是 1926 年上海大東書局出版的《國語文選》，吳興、沈鎔編纂。大東書局於 1916 年在上海成立，以編輯新教科書和印行其他新舊書籍知名，並在各省設立分局，發行教科書，是可與商務印書館和中華書局相競爭的出版單位業，當時產生過很大影響。

《國語文選》的編纂「例言」中說：「自學制革新，於初級中學之國文科，應取何種教材？說者紛紜，莫衷一是。有主用古文者，亦有主用近世文或國語文者。其實文章之妙，在乎精神，不在乎形式，盡可自由採擇，不必加以限制。惟是古文總集，坊間已多，選購一二種，已足誦習；而近世文與國語文，名作有限，專集無幾，其散見於報章雜誌者，又東現一鱗西現一爪，非加之剔擇，薈萃成編，則不足以饜學者之求，此本書所由輯也。」

同時編纂者還特別指出：「本書所選，皆當代名人之作，以關於論學術，論宗教者為多；其專涉某種主義者，雖學理精深，議論宏闊，概從割愛。何者？為學之道，自有途徑，未可列等。如欲談馬克司主義者，需先有經濟之常識，欲明柏格森學說者，需先有哲學之根基，否則對之茫然，轉失文藝上之興味，且此種學科，自有專書，故不取焉。」

　　《國語文選》共分為甲乙兩種，每二十篇為一輯，共有若干輯，「文言文入諸甲種，名近世文選；語體入諸乙種，名國語文選。曰甲曰乙者，係區別之辭，非等第之辭，讀者幸勿誤會，以為抑語體而揚文言。本書凡遇同類之論題，必集若干篇於一集之中，雖或難或解或為人辯護，或自寫己意，要皆言之有物，持之有故，讀者於此可以增進邏輯上之學識。」

　　下面是《國語文選》的全部目錄：

　　第一集目錄：

第五集目錄：

　　從《國語文選》中的這個目錄可以看出一個基本事實，在如此眾多的作者中，沒有魯迅，這個事實雖然有可能是一個特例，但就以特例看待，也不能說沒有史料意義。

　　從前引編者「例言」中，可以判斷編者選擇文章的傾向，編者強調所選文章「皆當代名人之作，以關於論學術，論宗教者為多；其專涉某種主義者，雖學理精深，議論宏闊，概從割愛。何者？為學之道，自有途徑，未可列等。」這個傾向說明編者對文章之道的基本看法，注重當代名人和偏重一般知識，排斥有較強政治傾向的文章。編者選擇文章的標準是：「雖或難或解或為人辯護，或自寫己意，要皆言之有物，持之有故，讀者於此可以增進邏輯上之學識。」在這個標準下，沒有選擇魯迅的文章，可以反證對魯迅文體的評價。

　　《國語文選》1926 年 5 月出版，以白話文為基本選擇前提，老輩文章多以演講為主。魯迅在這個期限中已經發表過相當多的文章，1949 年後不斷被選進各種教材並為研究者提到的名文，從時間上說具備收入本書的條件，但本書沒有選擇魯迅的文章，就是完全從編者個人的趣味判斷，這種選擇中包含的資訊對於魯迅研究也有史料意義，它至少可以從一個角度說明當時社會有人對魯迅文體還有另外判斷。魯迅在此期間發表的主要文章有：

　　1918 年：《我之節烈觀》。

　　1919 年：《我們現在怎樣做父親》。

　　1922 年：《估〈學衡〉》、《反對「含淚」的批評家》。

　　1923 年：《娜拉走後怎樣》。

　　1924 年：《論雷峰塔的倒掉》。

1925 年：《「公理」的把戲》、《論「費厄潑賴」應該緩行》。

1926 年：《並非閒話》、《十年的讀經》。

我們從《國語文選》的完整目錄分析，感覺編者在政治上沒有偏見，因為所收文章中早期共產黨人的並不少，如陳獨秀、李大釗、李漢俊、蕭楚女等，國民黨人如汪精衛、朱執信、胡漢民、邵力子、戴季陶等，其他老輩文人如章太炎、蔡元培、梁啟超、陳師曾等。這個事實說明，不收魯迅的文章，不可能是政治原因。另外書中所收文章，基本來源是當時的主流報章雜誌等，魯迅多有文章在上面發表，說編者不曾注意到魯迅，顯然也說不過去，連周作人、周建人、郭沫若的文章都收了，卻不收魯迅的文章，至少可以理解為魯迅文章不合「要皆言之有物，持之有故，讀者於此可以增進邏輯上之學識。」的選文標準。

是編者和魯迅個人有什麼恩怨嗎？我一時沒有查出編者的具體情況，不過照一般常識判斷，在周氏三兄弟中，單獨不選魯迅的文章是出於個人恩怨的可能性也不大，結合編者「例言」判斷，可能是對魯迅的文風和文章態度有看法，至少是不欣賞。本書的作者群體可以說是當時中國知識界的基本力量，但沒有選擇魯迅的文章，這確實是一個需要注意的問題。黎錦熙、王恩華早年編過一本《三十年來中等學校國文選本書目提要》（1937 年，京城印書局），如果選擇其中一些有代表性的讀本分析，有可能判斷出當時一些主要作家被社會接受的程度。

從這個例子可以看到，材料無處不在，但我們要努力發現材料的意義，關鍵要意識到建立材料與研究對象間的關係，一旦這個關係建立起來了，史料的方向也就會擴展。

中國現代文學學科地位確立的時間，與其他學科比起來還很短，因為時間短，它的學科地位嚴格說來也不高，與中國文學的其

他門類相比，中國現代文學的學科門檻相對較低，一般人都敢輕易闖入這個學科，而一般人是不敢輕易談論中國古典文學或者甲骨文、敦煌學一類的專門學問的。

中國現代文學的專業標準不明顯，其中有兩個重要原因，一是基本文獻本身主要以白話文獻構成（只有早期少量的文獻是文言），這個特點決定了中國現代文學的閱讀本身不具備難度，二是中國現代文學的文獻學基礎還沒有建立，這使得它的專業性不明顯，這門學科的系統訓練，很難在文獻方面體現出來。比如談魯迅，讀過幾篇文章的人可以談，讀過全集的人也可以談，而讀過所有研究文獻的人也在談，其他中國現代文學研究中涉及的作家、作品、思潮、社團、文學爭論等等，都存在這樣的問題。

專業標準不明確的好處是易於普及，但缺點是不易於提高。很多人滿足於看過一兩本流行的中國現代文學史著作，就以為對這門學科有瞭解，其實這是誤解。隨著學科制度的不斷完善，以後有必要建立中國現代文學的文獻學基礎，它的主要意義體現在如何研究中國現代文學，懂得如何尋找史料、判斷史料和應用史料。

我不主張稱「中國現代文學文獻學」，而稱「中國現代文學史料學」，主要是考慮中國現代文學還是一個發展的變化過程，雖然早期中國現代文學的相關活動已大體具備穩定性，但畢竟時間還不夠長久，史料的積累還需要一個過程。當然以後這方面的研究工作成熟了，是不是可以有一門中國現代文學文獻學，也很難說，但我相信，這門學科以後會建立起來。

中國現代文學史的概念，現在比較沒有爭議的時間是從 1917 年算起，這些年許多研究者要上溯這個時間，比如關於「二十世紀中國文學的概念」以及王德威「沒有晚清，何來五四」等等的說法，在研究方面可能各有各的道理。但我所謂的中國現代文學史料概念，主要還從 1917 年算起，當然這只是為表述的方便，落實到具

體的史料上，也可能會超越這個時段，比如前面提到的關於魯迅的材料就不在這個時期，但它與中國現代文學的關係密切，另外，中國現代文學是用白話文寫作的，這一特點的發展變化過程，多數要涉及到晚清傳教士在中國的翻譯活動，在時間上就要向前推，但這是特例。在空間上，現在中國現代文學的概念也在變動，把香港、臺灣、澳門以及海外的華人華文寫作也算進來。作為研究方向，這個可以理解，但我們一般理解中國現代文學史料還是比較狹窄，主要是指 1917 年以後，中國大陸地區，以漢語形式產生的與中國現代文學發展相關的史料，當然涉及有留學背景和國外思潮影響時，可能會偶然提出使用西文文獻或者少數民族語言文獻。

「文獻」的概念，最早是《論語・八佾》中提到的。子曰：「夏禮吾能言之，杞不足徵也；殷禮吾能言之，宋不足徵也；文獻不足故也。足，則吾能徵之也。」這話的意思是說，我能解釋夏代的禮，可惜杞國沒有為我提供足夠的證據；我能解釋殷禮，可惜宋國沒有為我提供足夠的證據。因為杞宋兩國現存的典籍和流傳下來的賢人的學識不夠的緣故。如果有了足夠的典籍和賢人的學識，我就可以引徵來說明我的學說了。

一般說來，文，指的是典籍、檔案，大體是有載體的資料，因為那個時候紙和雕版印刷還沒有出現。到了這些東西出現以後，我們就可以說，文，一般是指書面資料。獻，是指賢人的口頭傳說、議論，類似於近幾年比較受到重視的口述實錄。

文獻的概念，隨著時代記載歷史的手段在變化，比如繪畫、圖片、錄音、影像以及到了今天的電腦時代，記錄手段發展到了很高水準，所以在今天，如果一定要給出一個「文獻」的概念，可以表述為：記錄有知識和資訊的一切載體。

傳統的文獻學主要包括目錄學、版本學和校勘學，但現在的文獻學概念卻比較寬，大體包括：文獻史及文獻學史、輯佚學、辨偽

學、注釋學、體載學以及文獻檢索與利用，特別是最後一條，主要
指電子文獻的檢索和使用了，這方面的發展近幾年已有長足的進
步，許多專業性的電子文獻檢索已形成了較為成熟的思路和方法，
它的專業性和技術性要求相對複雜，作為技術手段雖然不能完全和
學術研究的內容分隔，但我講的史料概述主要不在技術，而在研究
方法，也就是強調如何發現史料的意義和判斷史料的價值，在尋找
到史料的情況下，如何建立與研究對象間的關係，這是我們努力追
求的研究方法。

　　一句話，能與中國現代文學發生期間出現的所有文學活動建立
聯繫的材料，都是中國現代文學的史料。

第二節　中國現代文學史料的範圍

　　關於中國現代文學學科的性質，王瑤生前曾專門講過，他說：
「我們首先在理論上明確了現代文學史作為一門學科，它既屬於文
藝科學，又屬於歷史科學，它兼有文藝學和歷史學兩個方面的性質
和特徵。文學史作為一門文藝科學，它也不同於文藝理論和文學批
評；它要求講文學的歷史發展過程，講重要文學現象上下左右的歷
史聯繫。」[1]王瑤同時還指出，將文學史研究與對同時代作家作品
研究區別開來，首先促使了現代文學史研究從單純的文學批評向綜
合性的歷史研究轉化。因此資料的搜集、整理和鑒別工作被置於特
別重要的地位。

---

[1]　王瑤等編：《中國現代文學研究：歷史與現狀》，北京：中國社會科學出版
　　社，1989 年，第 8 頁。

　　王瑤雖然專門講的是中國現代文學史的研究，但我以為對所有中國現代文學學科來說，他強調把中國現代文學作為歷史學研究，這是非常富有遠見的。這些年，可以注意到，凡在中國現代文學研究中注重歷史方法和訓練的學者，成就越來越突出，他們由文學向歷史學研究偏移的興趣，值得我們注意。對中國現代文學研究的史學化趨勢，也有人持不同看法，認為這樣會失去中國現代文學研究的學科特徵，對確立這一學科的歷史地位有負面影響。

　　在文學和歷史之間，我偏重於歷史，在方法上也重視史學方法和史學理論。當然這不是說這門學科中的文藝學方法和理論就不重要，而是每個人的興趣不同，決定了他們研究方向的不同。

　　我們使用的「歷史」一詞，通常包括兩個意思，一是過去發生的事件，二是後人對過去事件的理解、解釋和敘述。前者是史事，後者才是史學。何兆武曾指出，有關前者的理論是歷史理論，有關後者的理論是史學理論。歷史理論是歷史的形而上學，史學理論是歷史學的知識論。兩者都可用「歷史哲學」來概括，但兩者是不一樣的。一般說來，前者相當於「思辨的歷史哲學」，後者相當於「分析的歷史哲學」。[1]

　　中國現代文學史和中國現代史是一部交織在一起的歷史，研究中國現代文學史，不可能不涉及和關心中國現代史，所以對於中國現代文學史料的理解，我們先要有一個開放的心態，也就是說，所有關於中國現代史方面的史料，同時也都有可能成為中國現代文學史料，關鍵是看研究者在什麼層面上使用和判斷這些史料。比如研究中國現代文學的發生，一定要提到《新青年》雜誌，但在《新青年》群體中，很多人後來從事了政治活動，最典型的如陳獨秀，所

---

[1]　何兆武：《對歷史學的若干反思》，劉北成、陳新編：《史學理論讀本》，北京：北京大學出版社，2006 年，第 57 頁。

以研究中國現代文學史，只關心文學問題是不夠的，更要關心與此相關的政治、經濟、教育以及科學活動，這樣我們研究的視野才能開闊。其他如《新潮》、《少年中國》、《改造》等相關雜誌，這些雜誌在中國現代文學史上很重要，雖然它的主要成員中，後來的主要活動並不在文學。

　　我想特別說明的是，沒有純粹的文學史料，只有可以放在文學範圍內來解釋的史料。廣義的史料可以認為是過去和現在一切物質材料和文字記載，語言歷史和口頭傳說，都在這個範圍內，它們都在一定程度上反映社會發展的某一階段的人們的物質和精神活動，它們能幫助我們揭示這一發展階段的某些規律。狹義的，中國現代文學史料，大體可以定義為一切與中國現代文學活動（作家、作品、思潮、社團、學校、報刊等）相關的史料，都可以認為是中國現代文學史料。研究中國現代文學，不要把眼光只放在中國現代文學史方面，而要放在中國現代史方面。

第三節　中國現代文學史料的類型

　　梁啟超在《中國歷史研究法》中說過：「治玄學者與治神學者或無須資料，因其所致力者在瞑想，在直覺，在信仰，不必以客觀公認之事實為重也。」[1]他同時還指出，除了這些外，無論是自然科學還是社會科學，都得以所能得到的客觀史料為研究對象，材料越簡單固定，「其科學之成立也愈易，愈反是則愈難。」

---

[1]　梁啟超：《中國歷史研究法》，北京：東方出版社，1996 年，第 43 頁。

　　比起中國古典文學研究的史料來說，中國現代文學史料一是零散，一是數量比較大，再就是史料方向很難確定。

　　古代文獻的難處，通常先表現在識讀，因為時代久遠，古代文獻涉及的許多知識，對一般人來說具有專業性，讀懂尚且不易，研究就更難了。而中國現代文學，一般說來，則不存在識讀的問題，但難在材料很分散，材料方向不確定。要找到新材料，其實也很不容易。古代文獻因為有長時間積累，有無數學者的努力，在史料方面，要再增加出新東西很難，通常要依賴新的考古發現或者偶然的機遇，才能有所收穫。但中國現代文學的史料，因為積累工作還遠沒有完成，所以只要留心和方法得當，常常還會有新發現。這方面的工作，中國現代文學研究中，學院派的學者似乎不如學院以外的學者更努力。

　　和所有歷史史料的分類一樣，中國現代文學史料也可以大致分為兩類：一是直接的史料；二是間接的史料。這是法國人朗格諾瓦（Ch. V. Langlois）在《史學原論》中區別史料的說法，後來傅斯年講《史料論略》，也是用的這個分法。在朗格諾瓦的觀念裡，直接材料，一般指器物；間接材料，一般指著作，但這二者有時候很難區別，比如古人鑄造鐘鼎，上面有文字，有的數百字，記某一事件。鐘鼎是器物，銘文就可以看成是著作了。

　　梁啟超總是強調，研究史料，我們要先明白記載的人，是不是涉及史事的同時代人。因為同一時代的人，在時代特徵方面較多相同習慣，如時代不同，記載就很難精確，一般來說，史料越遠越好，記載史料的人離發生的事實是越近越好。我過去寫文章認為，回憶錄是不大靠得住的，因為人的記憶靠不住，更何況還有先入為主的判斷在其中。一般說來，傳記不如年譜，年譜不如日記，日記又不如第一手的檔案，在檔案難以獲得的情況下，日記是較早的史料。因為日記是同時代人所寫，回憶錄是後來人回憶，之間的差別非常

明顯。通常情況下，如果回憶錄在前，後來才有日記出現，只要對照極容易發現差錯，所以只有參考日記的回憶錄才相對可靠。有沒有在日記中造假的？我以為很難。日記通常是給自己看的，沒有必要造假，就是有些人記日記是為給後人看的，也很難造假，因為沒有人會預先知道哪些人事會成為解釋歷史的依據，就是在這方面有些判斷，比如一些名人在記日記的時候，就知道自己的日記會成為歷史學家最重要的材料，而他們對於一些有爭議的歷史，可能會在筆下流露出對自己有利的一面，但這種情況並不常見，在所有史料中，日記相對來說，還是可靠性高的一種史料，與回憶錄並不在一個層次上。下面這兩個例子可以說明回憶錄本身的可靠性問題。

《萬曆十五年》一書的作者黃仁宇，晚年有一本回憶錄《黃河青山》。本書有一處提到，抗戰勝利後，蔣介石回到上海的情景，因為黃仁宇對蔣介石評價不高，所以黃仁宇說：「蔣介石的演說索然無味，不但是在成都以我們為聽眾的場合，而且還在勝利後不久的上海，我也在場親眼目睹。這個通商港埠在他睽違八年後歡迎他回來，地點就在前英國租界的跑馬場上，照理應該是個歡欣鼓舞的場合，尤其他年少時在這個城市待了很久，經過外國統治後，中國的主權又得以完全恢復，大半原因出在他的努力奮鬥，但他一點也沒有提到這些事。相反地，為扮演全國精神領袖的角色，他提到振興道德，講到禮節和公理。」[1]

黃仁宇的這段話是夾雜了他自己感想的回憶，與當時的情景並不相同。因為黃仁宇總認為蔣介石還在延續以道德治國的舊傳統，所以才有對蔣介石演說的批評。

準確的歷史是抗戰勝利後，蔣介石沒有先到上海，而是先到了北平。1946 年 2 月 12 日下午五時，蔣介石由陪都重慶乘專機抵滬。

---

[1] 黃仁宇：《黃河青山》臺北：聯經出版公司，2001 年，第 234 頁。

當時的情況是：「事先得此消息，前往機場歡迎，暨沿路守候者，途為之塞。」[1]至於蔣介石在跑馬場的演說，當時的評價是「參加民眾數達二十餘萬人，情況熱烈，得未曾有。主席於群眾歡聲沸騰中，發表演詞，真摯深印人心。」黃仁宇說蔣介石演說索然無味，可能是他後來的感受。黃仁宇說蔣介石對上海市民的演說中沒有提到「經過外國統治後，中國的主權又得以完全恢復，大半原因出在他的努力奮鬥，但他一點也沒有提到這些事」，也是記憶出了差錯。下面是蔣介石演說的一段：

> 親愛的同胞們：
>
> 上海是中正的故鄉，中正離開故鄉已經有九年之久，在這九年餘的歲月之中，有整整的八年，上海被敵人所佔領，上海的男女老幼遭遇敵人的蹂躪受過暗無天日的生活，中正無時無刻不在想念之中，今天勝利之後，中正回到上海，和各位同胞在跑馬廳見面，心中實在有無限感慨。今天到會的同胞，年長的就是中正的父兄，年幼的就是中正的子弟，現在我和我的父兄子弟，姑嫂姊妹相見的時候，有如家庭團聚的一樣心情，所以要貢獻內心所發的拙詞，希望各位同胞，時刻銘心，共同一致的努力實作，中正個人一定以身作則，來作各位同胞的倡導。
>
> 大家都知道，八年以前，我們要像今天一樣，在跑馬廳開會是一件不可能的事。為什麼大家現在能夠在這裡自由的開會，為什麼我今天能夠在這個地方和各位相聚呢？這就是由於我們全國同胞八年來艱苦抗戰的精神，引起了盟邦美英蘇法以及其他各友邦對我們軍民的尊敬，獲得了盟邦的同情，因此取消了不平等條約，收回了各地所有的租界，我們中華

---

[1]　《申報上海市民手冊》，上海：申報館，1946 年，第 5 頁。

民國的地位，亦獲得了獨立自由，但是各位要知道：現在租
界雖已收回，不平等條約雖已廢除，然而我們今後要怎樣才
能維護國家的主權？要怎樣才能保持我們所獲得的自由和
獨立？這個保障和維護的任務，較之過去八年間爭取自由獨
立的工作，更要困難，更要辛苦。我們今後要保障國家的獨
立，民族的自由，必須要我們同胞下定決心，要比抗戰期間
更要吃苦，更要耐勞，再經過八年方能確實保障這個獨立自
由的基礎。

　　蔣介石只是在演說的最後才提到「明禮義，知廉恥，負責任。
守紀律。」而且從他那一篇演說中，看不出他要扮演精神和道德領
袖的意味。從黃仁宇回憶錄中的這個細節，可以看出一個問題，回
憶錄是不大靠得住的，因為人的記憶是靠不住的，更何況還有先入
為主的判斷在其中。所以研究歷史，回憶錄至多只可作為一般的材
料來使用，在沒有其他旁證的情況下，使用要非常謹慎。

　　第二個例子是魯迅研究中的一個問題。據周海嬰講，1957 年，
毛澤東前往上海小住，依照慣例，請幾位老鄉聊聊，據說有周谷城、
羅稷南參加了座談。此時正值『反右』，談話的內容必然涉及到對
文化人士在運動中處境的估計。羅稷南抽個空隙，向毛澤東提出了
一個大膽的疑問：要是今天魯迅還活著，他可能會怎樣？不料毛澤
東對此卻十分認真，沉思了片刻，回答說：以我的估計，要麼是關
在牢裡還是要寫，要麼他識大體不做聲。一個近乎懸念的詢問，得
到的竟是如此嚴峻的回答。周海嬰說：『羅稷南先生頓時驚出一身
冷汗，不敢再做聲。他把這事埋在心裡，對誰也不透露。』一直到
羅老先生病重，覺得很有必要把幾十年前的這段秘密對話公開於
世，不該帶進棺材，遂向一位信得過的學生全盤托出。」[1]從史料

---

[1]　周海嬰：《魯迅與我七十年》，海口：海南出版公司，2001 年，第 371 頁。

學的角度看，羅稷南的話是一個孤證，在沒有其他旁證的情況下，使用這樣的材料，要格外慎重。我的推論是，根據毛澤東五○年代對魯迅的看法，羅稷南的話至少是需要分析。一般說來回憶錄是靠不住的，特別是老年人的回憶，如果沒有另外的旁證，只能是一個參考性的材料。毛澤東到上海是 1957 年 3 月下旬，當時只有整風的準備，還沒有「反右」的想法。當時知識份子產生恐慌是兩個月以後的事。1957 年 4 月 27 日，中共中央才發出《關於整風運動的指示》，這個指示是 5 月 1 日才見報的，此後中央為了整風，到 5 月 10 前，先後開過七次會議，要民主黨派和無黨派人士幫助黨整風，所以毛澤東在上海的時候，那些知識份子是不可能感到要「反右」的。5 月 15 日，毛澤東才寫出了《事情正在起變化》，這時知識份子才知道情況發生了變化。1957 年 7 月 9 日，毛澤東在上海幹部會議上做了著名的《打退資產階級右派的進攻》，從時間上看，周海嬰的回憶顯然是指這一次，因為這時是「反右」高潮，毛澤東的這次講話很厲害，從北京的章伯鈞、羅隆基、章乃器，一直點到上海的陳仁炳、彭文應、陸詒和孫大雨。現在的問題是，毛澤東在四月前到上海的一段時間裡，多次談到過魯迅，而七月到上海那一段時間裡的講話，主要是「反右」，沒有提到魯迅。那麼羅稷南的話是不是沒有一點根據呢？我以為也不是，因為毛澤東當時確實說過一些關於魯迅的話，雖然意思和羅稷南的話不完全一樣，但有一定聯繫。

　　1957 年 3 月 8 日，毛澤東曾在《和文藝界的談話》中說過「魯迅不是共產黨員，他是瞭解馬克思主義世界觀的。他用了一番功夫研究，又經過自己的實踐，相信馬克思主義是真理。特別他後期的雜文，很有力量。他的雜文有力量，就在於有了馬克思主義世界觀。我看魯迅不死，還會寫雜文，小說怕寫不動了，大概是文聯主席，開會時候講一講，三十三個題目，他一講或寫出雜文來，就解決問

題的。他一定有話講，他一定會講的，而且很勇敢的。」[1]這本《毛澤東思想萬歲》，是文革中非常有名的一本材料集，雖然不是正式出版物，但從後來正式公佈的很多中央文件中可以看出，這本書是很真實的，這已為許多研究文革的專家承認，是可以用來作為研究參考的。魯迅可做個文聯主席，這是文革時期傳出來的毛澤東對魯迅的一個重要評價，因為這個評價不是很高，所以人們以為毛澤東對魯迅是有其他看法的。1957 年前後，是毛澤東一生當中比較多談魯迅的時期，他對魯迅的小說，比較熟悉的是《阿 Q 正傳》，他這一時期的講話中只提這篇小說，而從沒有再提過魯迅的其他小說，提到多是魯迅的雜文。1957 年 3 月 10 日，毛澤東《和新聞出版界代表談話紀要》中說：「你們贊成不贊成魯迅？魯迅的文章就不太軟，但也不太硬，不難看。有人說雜文難寫，難就難在這裡。有人問，魯迅現在活著會怎麼樣？我看魯迅活著，他敢寫也不敢寫。在不正常的空氣下面，他也會不寫的。但更多的可能是會寫的。俗話說得好：『捨得一身剮，敢把皇帝拉下馬。』魯迅是真正的馬克思主義者，是徹底的唯物論者。真正的馬克思主義者，徹底的唯物論者是無所畏懼的，所以他會寫。現在有些作家不敢寫，有兩種情況：一種情況是我們沒有為他們創造敢寫的環境，他們怕挨整；還有一種情況，就是他們本身唯物論未學通。是徹底的唯物論者就敢寫。魯迅的時代挨整就是坐監獄和殺頭，但是魯迅也不怕。現在的雜文怎樣寫，還沒有經驗，我看把魯迅搬出來，大家向他學習，好好研究一下。他的雜文方面很多，政治、文學、藝術等等都講，特別是後期政治講得最多，只是缺少講經濟的。魯迅的東西，都是逼出來的。他的馬克思主義也是逼著學的。他是書香門第出身，人家說他是封建餘孽，說他不行。我的同鄉成仿吾他們，對他就不好。

---

[1]　《毛澤東思想萬歲》，北京，內部資料，1968 年，第 142 頁。

國民黨壓他，我們上海的共產黨員也整他，兩面夾攻，但魯迅還是寫。」[1]《毛澤東文集》7 卷中收了這篇，但文字略有不同。[2]如果仔細分析，可以看出，羅稷南的回憶就是由這些話所演變過來的。毛澤東提到了「有人問，魯迅現在活著會怎麼樣？」如果我們認為這個人就是羅稷南，那麼周海嬰提到的毛澤東在上海對羅稷南說話的時間，就不是正值「反右」，而是「反右」之前了。這裡我們要特別注意「坐監獄和殺頭」和「關在牢裡還是要寫」這句話，是一個邏輯思路，有演變的可能。1957 年 3 月 6 日，毛澤東和九省市宣傳文教部長有過一次座談，在這次會議上，毛澤東倒是說過有人「認為我們是『誘敵深入』，因此必須再放。現在開宣傳會議，大家同意這方針，要很好講究方法。」[3]對於毛澤東和新聞出版界代表談話，徐鑄成回憶錄中的說法是；「魯迅當年學馬列主義是被迫的，是創造社這批人逼出來的。他學懂馬列主義，晚年他的雜文片面性就少了。」[4]徐鑄成的回憶雖然簡略，但與公佈的毛澤東講話的意思完全相同。毛澤東這次和文藝界、新聞出版界談話，是為他在全國宣傳會議上講話做準備的，毛澤東講話之前曾有一個提綱，其中提到：「雜文一定有片面性嗎？這是馬克思主義還沒有學通的人講的話，列寧和魯迅就沒有片面性。」[5]毛澤東雖然說話有個性，但還不是信口開河，他後來的講話，與他的提綱比較，在原則和思路上是沒有變動的。由此可見，毛澤東對魯迅的評價也不可能在一兩個月的時間內發生那麼大的變化。

[1]　《毛澤東思想萬歲》，第 57 頁。
[2]　《毛澤東選集》，北京：人民出版社，1999 年，第 263 頁。
[3]　《毛澤東思想萬歲》，第 132 頁。
[4]　《徐鑄成回憶錄》，北京：三聯書店，1998 年，第 264 頁。
[5]　《建國以來毛澤東文稿》第 6 冊，北京：中央文獻出版社，1992 年，376 頁。

　　1957 年 3 月 12 日，毛澤東《在全國宣傳工作會議上的講話》中說：「比如我們看到列寧所寫的雜文，他有一部分文章並不是長篇大論的，是雜文性質的，很有點像魯迅。是魯迅像列寧，是列寧像魯迅，就不去講了。但是很尖銳的，很諷刺的。你說那個東西是片面性的嗎？不能那樣講。魯迅的雜文是對敵人的，但是列寧的雜文很多是對付同志的，批評黨的缺點。也有對付敵人的。魯迅對付敵人的鋒芒可不可以用來對付我們自己內部呢？據我看也可以，假使魯迅還在，他就要轉過來對付我們的缺點、錯誤。」[1] 在同一次談話中，毛澤東還說，寫文章和看文章一樣，對別人要有平等的態度，他說；「我看魯迅是有這個態度的。他是以一種平等態度對待他的讀者，對別的作家的。」這個紀錄稿雖然有些話不精練，但意思是沒有什麼區別的《毛澤東選集》第五卷出版時，收了這次講話的全文，文字稍有差異，但意思完全相同）。[2] 1957 年 4 月，毛澤東《在杭州對加強思想工作的指示》中，又重複了上面的講話，他說：「雜文難寫，一條空氣不好，一整風就好了，另一條是唯物論者不怕死，但選擇時機是可以的，如果在人民政府有難時，不幫忙是站不住腳的，寫文章一要環境，但不光要環境，也要無所畏懼，這就是徹底的唯物主義者，魯迅就是這樣，捨得一身剮，敢把皇帝拉下馬，既然無所畏懼，就是環境不好，他也不怕。」[3]

　　毛澤東有沒有對羅稷南說過那樣的話，以後如果檔案解密，我們自然會得到更準確的理解，我只是想強調一點，我們研究歷史，要特別注意證據，還是胡適當年的老話，有一分材料說一分話，有七分材料不說八分話，沒有材料不說話。不能因為一個歷史細節暗合了我們過去的猜想以及對一個歷史人物的判斷，就放過對那個歷

[1]　《毛澤東思想萬歲》，第 179 頁
[2]　《毛澤東選集》第 5 卷，北京：人民出版社，1977 年，第 414 頁。
[3]　《毛澤東思想萬歲》，第 190 頁。

史細節的辨析，這是歷史研究中最要注意的問題。與直接史料和間接史料的說法近似，史料又可分為同時代史料和非同時代史料。同時代的記載，就史料價值判斷，一般說來要高於異同時代。還有一個分法是英國人克倫伯（C. C. Crump）在《歷史與歷史研究》（History and Historical Research）中提出來的。一是原料（Primary Sources）；二是次料（Secondary Sources）。原料是指最初的材料，意思是由此以上不能再追求材料的來源。次料是指後起的材料，意思是現存的或可尋的原料中變化出的各種著作，也就是一般認為的次料出於原料，而原料是次料所出的地方。傅斯年經常用的說法一是直接的史料；二是間接的史料。他的判斷是：凡是沒有經中間人修改或省略或轉寫的，是直接的史料；凡是已經中間人修改或省略轉寫的，是間接的史料。對中國現代文學史料來說，作家的手稿、書信、日記，文學社團的章程、名錄、宣言的原始文本等等，是直接材料，作家的事後回憶是間接材料。現在保存下來的作家手稿是很少的，就是保存下來，我們也極難看到，所以對中國現代文學史料來說，判斷是直接材料還是間接材料，不能與對待古典文獻一樣。一般說來，作家作品的初版本、期刊、報紙的原刊本，就可以視為是直接材料，因為再往上溯源，理論上是可行的（因為在鉛印排字為主要技術手段的現代出版制度條件下，有可能保存原始的手稿本），但在事實上，這很難做到。所以直接和間接的關係，在中國現代文學研究中也並不是絕對的，直接的材料當然可信度最高，但也有時候，直接的材料是孤立的，間接的材料經人分辨和判斷而得出來，反而可信。這都不能一概而論，要靈活掌握。整理史料是件很不容易的事，歷史學家本領的高低全在這一點上決定。後人想在前人工作基礎上增加出新材料，一要能得到還能利用別人不曾見或不曾用的材料；二要有比前人更細密更確切的分辨力。在中國學術研究中，近代以來王國維、陳寅恪是最能用新材料的，也最能在

常見材料中整合史料，發現新問題並得到解決。用間接材料做出一流成績的也有，比如顧頡剛。

　　在中國現代文學史料的判斷上，我們要先建立史料類型不同，其使用價值也不同的分類意識，尋找和使用史料時，先以直接和間接為區分標誌。因為這門學科的歷史較短，不如古代文獻那樣久遠，再加上古書有人有意造假，給後人造成難題，而中國現代文學史料中的直接與間接材料，相對比較容易判斷。簡單說，當時的材料都是直接的；後出的，以回憶為主及編纂的史料，為間接材料。我們研究中國現代文學，雖然不如歷史專業那樣，要求大家對史料的觀念特別細密，但大家一定要有這樣的意識，才能做出高水準的研究工作。傅斯年 1928 年寫的《歷史語言研究所工作之旨趣》一文，雖然是對嚴格歷史研究的要求，但對研究中國現代文學的人來說，也非常重要。傅斯年說：「近代的歷史學只是史料學……凡能直接研究材料，便進步。凡間接地研究前人所研究後創造之系統，而不繁豐細密地參照所包含的事實，便退步。……凡一種學問能擴張它的材料便進步，不能的便退步。要把歷史學語言學建設得和生物學地質學等同樣，乃是我們的同志！」

第四節　成型的與不成型的中國現代文學史料

　　中國保存文獻，有相當悠久的歷史，大型叢書的編纂，最著名的如清朝的《四庫全書》，到民國年間的「四部叢刊」、「叢書集成」等等，對保存中國文化有相當貢獻。另外，中國還有編纂類書的傳統。類書是輯錄彙集資料，以利尋檢、引用的一種古典文獻工具書。其體例有集錄各科資料於一書的綜合類和專收一門資料的專科類

兩種。編輯方式，一般分類編排，也有按韻、按字分次編排的。現存著名的類書如唐代的《藝文類聚》、《初學記》，宋代的《太平御覽》、《冊府元龜》，明代的《永樂大典》，清代的《古今圖書集成》。它的目的一為保存我國古代大量的接近原作的珍貴資料，以供校勘典籍、檢索詩詞文句、查檢典故成語出處之用；二為研究者直接提供了專題研究的資料。

成型的中國現代文學史料，大致相當於類書中的「專科類」。這個傳統在中國可以說一直沒有中斷，上世紀五〇年代發生過各種各樣的政治運動中，每當這一運動過去之後，就要編纂一套完整的批判文獻。最有名的如《胡適思想批判資料》，共有八大冊。《梁漱溟思想批判》（二冊），批判俞平伯《紅樓夢研究》的時候，也有較為完備的批判史料，反胡風運動中，各類材料就更多了，比較有名的是作家出版社出的六大冊《批判胡風文藝思想資料》，到了反右派運動中的右派言論集就更多了。在中國現代文學史料的尋找方面，先建立一個尋找成型文獻的意識，比較方便。

所有的學術工作，都要經歷一個累積的過程，中國現代文學史料也是這樣。我們做研究，不可能憑空說話，巧婦難為無米之炊，就是這個道理。

中國現代文學史料的處理，我以為要先注意成型的文獻，然後再注意不成型的文獻。中國現代文學研究雖然時間不是很長，但在史料的積累方面也有了相當的成績，特別是在上世紀八〇年代，中國現代文學史料的工作有相當好的基礎。

所謂成型的文獻是指：同一主題下，經過研究者編纂而成的較為系統完備的文字史料，它的文獻形式一般包括：同一專題（如作家、作品、社團始末、思潮發展）的全集、研究史料彙編、年譜長編、研究史料的目錄索引等等。比如如果要研究胡適，基本的準備工作是：要閱讀《胡適全集》，光有安徽出版社出的全集還不夠，

同時要閱讀臺灣遠流出版公司的《胡適作品集》，這還不夠，還要參考胡適紀念館出版的《胡適作品手稿》，這還不夠，如果有條件再看耿雲志負責編輯的《胡適遺稿及秘藏書信》，還有胡頌平編輯的《胡適之先生年譜長編初稿》以及《胡適的日記》（手稿本）等等，這還只是一個大略的基本文獻，至於其他的研究著作就更多了。比如研究魯迅，薛綏之主編《魯迅生平史料彙編》是一個基本文獻，在這個基本文獻基礎上再去擴展史料，當然這是在理想的意義上說的，並不完全意味著看不全這些材料就不能研究。

　　注意成型史料的好處是能在短時間內熟悉文獻的基本存在狀況，同時瞭解學術史發展的基本脈落，成型史料先行是研究工作的第一步，沒有這一步，很難做出一流的學術成績。使用成型史料的基本方法是：凡存的成型史料，力求齊全完整。成型史料也有兩種情況，也就是同時代的成型史料和異時代的成型史料。

　　成型文獻中也有兩種情況，就是同時的和異時的。一般說來，越早的文獻越有史料價值，一是因為時間近，出錯的概率相對較低，再就是，過去的人做事比較認真，差錯較小。比如阿英編選的《中國新文學大系‧索引》（良友印刷公司，1936 年），因為編輯的時代較早，史料線索就很豐富。霽樓編的《革命文學論文集》（生路社，1928 年）、洛蝕文編的《抗戰文藝論文集》（譯報圖書部，1939 年）、李何林編的《中國文藝論戰》（中國書店，1929 年）、蘇汶編的《文藝自由論辯集》（現代書局，1933 年）、張若英編的《中國新文學運動史料》（光明書局，1934 年）、趙景深編的《文壇憶舊》（北新書局，1948 年）、阮無名編的《中國新文壇秘錄》（南強書局，1933 年）、楊之華編的《文壇史料》（中華日報社，1943 年）、姚乃麟編的《現代中國文學家傳記》（實用書局出版，1972 年，香港）與《現代作家論》（大地出版社，1971 年，香港）、黃人影編的《當代中國女作家論》（上海光華書局印行，1933 年，上海）、

黃英編的《現代中國女作家》（北新書局，1931 年）、陸永恆編的
《中國新文學概論》（克文印務局印刷，1932 年）等。再比如張靜
廬上世紀五〇年代中期輯注的《中國現代出版史料》（八冊），集體
編纂的《五四時期期刊介紹》（全六冊）等，雖然是在「出版」的
概念下編纂的，但因為中國現代文學是依賴中國現代出版制度生成
的，所以這套出版史料，對於專門研究中國現代文學的人來說，還
是一套需要及時涉獵的史料。編纂這套史料的時候，中國現代文學
的大部分參預者都還健在，所以準確程度相對有保證，張靜廬本人
也是中國現代出版界的元老，1938 年他就寫過一本講述自己在出
版界經歷的書《在出版界二十年》。

　　另一種情況是由研究者編輯的成型專題文獻，即異時代的成型
文獻。上世紀六〇年代，許多高校都編過較為系統的此類文獻在內
部印刷，供本校教學使用。如山東師範學院中文系 1960 年編輯的
關於中國現代作家的資料就有如下幾種：

　　　《中國現代作家小傳》
　　　《中國現代作家著作目錄》
　　　《中國現代作家研究資料索引》
　　　《中國現代文學社團及期刊介紹》
　　　《茅盾研究資料彙編》
　　　《巴金研究資料彙編》
　　　《老舍研究資料彙編》
　　　《郭沫若研究資料彙編》
　　　《趙樹理研究資料彙編》
　　　《夏衍研究資料彙編》
　　　《李季研究資料彙編》

《周立波研究資料彙編》

《曹禺研究資料彙編》

在這個基礎上，上世紀八〇年代初，出版過一大套《中國現代文學史資料彙編》，由陳荒煤任主編，分為甲、乙、丙三套叢書，各由該叢書編輯委員會主持編輯工作，由各地出版社分頭出版。

甲種為《中國現代文學運動、論爭、社團資料叢書》，包括各個時期和地區的重要的文學運動、論爭、社團和思潮流派資料，共計 31 種。比如：饒鴻竟、李偉江等主編《創造社資料》（上下冊，福建人民出版，1985 年）、賈植芳等主編《文學研究會資料》上中下冊，河南人民出版社，1985 年）芮和師、范伯群等主編《鴛鴦蝴蝶派文學資料》（上下冊，福建人民出版社，1984 年）劉增杰等主編《抗日戰爭時期延安及各抗日民主根據地文學運動資料》（上中下冊，山西人民出版社，1983 年）等等。

乙種為《中國現代作家作品研究資料叢書》，為 170 餘種作家作品研究資料專集，內容包括作家傳略、年譜、生平和文學創作自述，對作家生平與文學創作的記述和評論，以及作家著譯繫年、著譯書目、評論研究文章目錄索引等。這部分研究資料的數量較大，但因為不是同時和同一出版社出版，所以比較零散，但在涉及作家作品研究時，可以先依據下面的部分目錄方向去選擇：

1. 孫中田、查國華編：《茅盾研究資料》（上中下冊，中國社會科學出版社，1983 年）。

2. 王訓昭等編：《郭沫若研究資料》（上中下冊，中國社會科學出版社，1986 年）。

3. 李存光編：《巴金研究資料》（上中下冊，海峽文藝出版社，1985 年）。

4. 田本相編：《曹禺研究資料》（上下冊，中國戲劇出版社，
   1991 年）

5. 范伯群編：《冰心研究資料》（北京出版社，1984 年）

6. 王自立、陳子善編：《郁達夫研究資料》（天津人民出版社，
   1982 年）

7. 張菊香、張鐵榮編：《周作人研究資料》（上下冊，天津人
   民出版社，1986 年）

8. 邵華強編：《徐志摩研究資料》（陝西人民出版社，1988 年）

9. 陳金淦編：《胡適研究資料》（北京十月文藝出版社，1989
   年 8 月）

10. 朱金順編：《朱自清研究資料》（北京師範大學出版社，
    1982 年）

11. 高捷等編：《馬烽西戎研究資料》（山西人民出版社，
    1985 年）

12. 李愷玲、廖超慧編：《康濯研究資料》（湖南人民出版社，
    1984 年）

13. 袁良駿編：《丁玲研究資料》（天津人民出版社，1982 年）

14. 李岫編：《李廣田研究資料》（寧夏人民出版社，1985 年）

15. 黃曼君、馬光裕編：《沙汀研究資料》（中國社會科學出版
    社 1986 年）

16. 潘光武編：《陽翰笙研究資料》（中國戲劇出版社，1992 年）

17.沈承寬、黃俟興、吳福輝編：《張天翼研究資料》（中國社
會科學出版社，1982年）

18.王延希、王利編：《鄭伯奇研究資料》（山東大學出版社，
1996年）

19.李偉江編：《馮乃超研究資料》（陝西人民出版社，1992年）

20.鮑霽編：《蕭乾研究資料》（北京十月文藝出版社，1988年）

21.陳振國編：《馮文炳研究資料》（海峽文藝出版社，1990年）

22.劉增杰編：《師陀研究資料》（北京出版社1984年，）

23.曾廣燦、吳懷斌編：《老舍研究資料》（上下冊，北京十月
文藝出版社，1985年）

24.豐華瞻、殷琦編：《豐子愷研究資料》（寧夏人民出版社，
1988年）

25.方銘編：《蔣光慈研究資料》（寧夏人民出版社，1983年）

26.馮光廉、劉增人編：《王統照研究資料》（馮光廉、劉增人
編，寧夏人民出版社，1983年）

27.黃修己編：《趙樹理研究資料》（北嶽文藝出版社，1985年）

28.鮑晶編：《劉半農研究資料》（天津人民出版社195年）

29.蕭斌如編：《劉大白研究資料》（天津人民出版社，1986年）

30.許毓峰等編：《聞一多研究資料》（上下冊，北嶽文藝出版
社，1986年）

31. 孫玉蓉編：《俞平伯研究資料》（天津人民出版社，1986 年）

32. 趙明、王文金、李小為編：《李季研究資料》（陝西人民出版社，1986 年）

33. 劉錦滿、王琳編：《柯仲平研究資料》（陝西人民出版社1988 年）

34. 馮光廉、劉增人編：《臧克家研究資料》（甘肅人民出版社，1990 年）

35. 張如法編：《綠原研究資料》（河南大學出版社，1991 年）

36. 劉可興編：《光未然研究資料》（陝西人民出版社，1993 年）

37. 孫慶升編：《丁西林研究資料》（中國戲劇出版社，1986 年）

38. 馬蹄疾編：《李輝英研究資料》（春風文藝出版社，1988 年）

丙種為《中國現代文學書刊資料叢書》，包括文學期刊目錄，主要報紙文藝副刊目錄、文學總書目、文學作者筆名錄等。如唐沅等編的《中國現代文學期刊目錄彙編》（上下冊，天津人民出版社，1988 年）賈植芳主編的《中國現代文學總書目》（福建教育出版社，1993 年 12 月）徐迪翔等編《中國現代文學作者筆名錄》（湖南文藝出版社，1988 年）等。

其他一些成型的文獻還有很多，我們在平時要注意搜集。比如中國社會科學院文學研究所現代文學研究室編的《「革命文學」論爭資料選編》（人民文學出版社，1981 年）、白嗣宏編《無產階級文化派資料選編》（中國社會科學出版社，1983 年）、葛懋春、蔣俊等編《無政府主義思想資料選》（上下冊，北京大學出版社，1984 年）、上海社會科學院文學研究所編《三十年代在上海的「左聯」

作家》（上下冊，上海社會科學院出版社，1988 年）、《上海「孤島」文學回憶錄》（上下冊，中國社會科學出版社，1985 年）等，還有王曉明編《文學研究會評論資料選》（上下冊，華東師大出版社，1992 年）、方仁念編《新月派評論資料》（華東師大出版社，193年）、《左聯回憶錄》（上下冊，中國社會科學出版社，1982 年）、馬良春、張大明編《三十年代左翼文藝資料選編》（四川人民出版社，1980 年）、徐州師院編《中國現代作家傳略》（上下冊，四川人民出版社，1983 年）文天行編《國統區抗戰文藝運動大事記》（四川社會科學院出版社，1985 年）、中國現代文學館編《中國現代作家大辭典》（新世界出版社，1992 年）等。

　　成型文獻的第三種情況是單獨成書的文學史著作、研究著作、作家傳記、回憶錄、年譜等著述。如王哲甫《中國新文學運動史》李一鳴《中國新文學史講話》吳文祺《新文學概述要》陳之展《最近三十年中國文學史》等同時期的著作，也包括後來研究者的相關著作，如夏志清《中國現代小說史》司馬長風《中國新文學史》李輝英《中國現代文學史》蘇雪林《二三十年代作家作品》王瑤《中國新文學史稿》錢理群等著《中國現代文學三十年》等後出的相關著作，判斷這些史料的原則大體是先舊後新。

　　對中國現代文學編纂史較為系統的研究是黃修己 1993 年出版的《中國新文學史編纂史》（北京大學出版社）。本書的優點是比較系統梳理了中國新文學史研究中出版過的文學史著作，從「五四」運動初期胡適、周作人等涉及中國新文學的論文寫到當代，確有開創之功。本書的缺點是沒有在研究對象之外再開創出史料範圍，一般是就文學史論文學史，對文學史作者的相關史料較少涉及，沒有能夠把中國現代文學史發展的內在脈絡揭示出來，介紹新文學史對後世的影響也較少，特別是對 1949 年後新文學史編纂與前代新文學史著作的編纂關係，沒有進行清理，比如王瑤的《中國新文學史

稿》，在體例和史料上受哪一本新文學史影響較重等。本書的獨立見解表現在對 1949 年後中國現代文學史寫作的理解和評價上，特別是對當時學生編纂文學史動機的理解和學術訓練，有獨到認識，很給人啟發。瞭解學科史，要面對專書和論文集兩種類型的文獻。一般說來，論文集最能體現觀點，而專書的好處是完整和全面。我個人建議先讀論文集，再讀專書，而且同類著作一定要在集中的時間內同時閱讀，這樣容易看清學術問題的產生和發展，同時對於文獻來源也會有清晰的方向，這方面的主要閱讀書目如下：

1. 黃修己：《中國新文學史編纂史》，1995 年，北京大學出版社。

2. 馮光廉、譚桂林：《中國現代文學史研究概論》，1995 年，南京大學出版社。

3. 許懷中：《中國現代文學史研究史論》，1997 年，廈門大學出版社。

4. 徐瑞岳：《中國現代文學研究史綱》（上下冊），2001 年，江蘇教育出版社。

5. 劉勇：《20 世紀中國文學研究：現代文學研究》，2001 年，北京出版社。

6. 溫儒敏等著：《中國現當代文學學科概要》，2005 年，北京大學出版社。

7. 黃修己、劉衛國主編：《中國現代文學研究史》，2008 年，廣東人民出版社。

以上專書以下論文集：

1. 北師大中文系編：《現代文學演講集》，1984 年，北京師
   範大學出版社。

2. 唐弢：《西方影響與民族風格》，1989 年，人民文學出版社。

3. 王瑤、樊駿、趙園等著：《中國現代文學研究：歷史與現
   狀》，1989 年，中國社會科學出版社。

4. 樊駿：《中國現代文學論集》上下冊，2006 年，人民文學
   出版社。

　　在成型文獻的使用中，除了中國大陸的文獻外，還要注意參考
港臺相關的研究資料比如周錦主編的「中國現代文學研究叢刊」（成
文出版有限公司，1985 年）、李立明《現代中國作家評傳》（波文
書局，1979 年）、李立明《中國現代六百作家小傳資料索引》（波
文書局，1978 年）、朱寶樑《二十世紀中國作家筆名錄》（上下冊，
漢學研究中心印，1989 年，臺北），這本辭書的好處是所有作家都
附有英文名字的拼寫，如果涉及作家與外國交往時，可以參考。港
臺的中國現代文學研究雖然有偏見，但在研究資料和觀點上還不無
啟發，相對來說，注意港臺的研究史料也是擴展史料的一個方向。
周錦主編的「中國現代文學研究叢刊」目錄如下：

第一輯
　　尹雪曼：《五四時代的小說作家和作品》
　　周伯乃：《早期新詩的批評》
　　陳敬之：《文學研究會與創造社》
　　周錦編：《中國新文學大事記》
　　陳紀瀅：《三十年代作家記》
　　舒　蘭：《五四時代的新詩作家和作品》

孫　　陵：《我熟識的三十年代作家》

陳敬之：《三十年代文壇與左翼作家聯盟》

劉心皇：《抗戰時期淪陷區文學史》

周　　錦：《中國新文學簡史》

第二輯

　陳敬之：《中國文學的由舊到新》

　林煥彰編：《中國新詩集編目》

　尹雪曼：《鼎盛時期的新小說》

　陳敬之：《中國新文學的誕生》

　周　　錦：《〈圍城〉研究》

　陳敬之：《首創民族主義文藝的『南社』》

　周麗麗：《中國現代散文集編目》

　陳敬之：《現代文學早期的女作家》

　舒　　蘭：《北伐前後的新詩作家和作品》

　周錦編：《中國現代小說編目》

第三輯

　陳敬之：《中國新文學運動的前驅》

　周芬娜：《丁玲與中共文學》

　舒　　蘭：《抗戰時期的新詩作家和作品》

　陳敬之：《新文學運動的阻力》

　周錦編：《中國現代文學作家本名筆名索引》

　尹雪曼：《抗戰時期的現代小說》

　陳敬之：《早期新散文的重要作家》

　周　　錦：《論〈呼蘭河傳〉》

　周麗麗：《中國現代散文的發展》

　陳敬之：《〈新月〉及其重要作家》

　　在這套叢書之外，周錦還主編了如下一套叢書，1988 年由臺灣智燕出版社出版：

　　《中國現代文學史料術語大辭典》（1～5 冊）
　　《中國現代文學鄉土語彙大辭典》
　　《中國現代文學作品書名大辭典》（1～3 冊）
　　《中國現代文學史重要作家大辭典》（1～2 冊）

　　另外，秦賢次編《抗戰時期文學史料》（文訊雜誌社，1987 年，臺北）、李瑞騰《抗戰文學概說》（文訊雜誌社，1987 年，臺北）蘇雪林等《抗戰時期文學回憶錄》（文訊雜誌社，1987 年，臺北），也是較為成型的中國現代文學史料。

　　成型文獻的好處是能使研究者在短期內較為便捷瞭解某一專題的全面情況，可以說是研究的基礎工作，也是做中國現代文學研究的第一步。不過我們做中國現代文學的研究，不能完全依靠成型的文獻。成型文獻是基本史料，它在內容上是編纂的原料，但當它成型後就成了一種間接的史料，所有的編纂工作，都難免出錯，只是程度不同而已。在研究工作中，與傳記和研究著作相比，成型文獻具有使用優先原則，也就是說，在接觸研究對象時，成型文獻的閱讀要優先於文學史、作家傳記和相關研究著作，至少是要同時進行。比如姜穆《三十年代作家論》（東大圖書股份有限公司，1986 年，臺北）、《三十年代作家論》（續集，東大圖書股份有限公司，1986 年，臺北）李牧《三十年代文藝論》（黎明文化公司，1973 年，臺北）、尹雪曼《中國新文學史論》（中央文物供應社，1973 年，臺北）、陸永恆《中國新文學概論》（克文印務局印刷，1932 年）等也可參考。

　　注意成型文獻優先原則並不等於在成型文獻之外沒有新史料，而且成型文獻是所有研究者共見的文獻，如果沒有特別新的方

法，面對成型的中國現代文學史料，產生學術靈感的可能性不高。成型文獻是研究工作的必備史料，但我們使用成型文獻的目的，是要在成型文獻的基礎上，擴展出新史料，同時產生新的學術靈感。成型的文獻就是完成的文獻，我們後來者的目標，應該是在它的基礎上產生增量，加出新東西來。完全使用成型的中國現代文學史料，很難做出一流的學術成就。成型文獻是確定的文獻，如果有文獻意識，任何研究者都可以方便得到。在這個意義上可以說，成型史料在中國現代文學研究中的重要性，只體現在它的基礎性上，或者說，在研究者看來，成型史料中的學術含量是凝固的，凡成型文獻中的史料，就是常見史料，在學術研究中，它給研究者的學術啟發是有限的。所以不成型史料在中國現代文學研究中是最值得重視的。

不成型的史料是指與研究對象有關係，但分散在遠離成型史料外邊的史料，通俗一點表述，就是表面看起來與研究對象沒有關係，但細緻觀察會有直接聯繫的那種史料。學術研究，越是能在不為人注意的方面發現有用的史料，越能顯示學者的研究能力和眼光，越具學術趣味和複雜性。在成型的胡適史料中發現材料不算本事，在與胡適根本沒有關係的史料中發現與胡適研究有關的史料，那才是本領。就史料與研究對象的關係來說，越遠的史料，越能看出研究者讀書的範圍和獨立視角，下面這個例子可以說明材料的來源有多種方向。

一般研究梁宗岱生平和歷史的人，都會提到他早年與何瑞瓊離婚一事，但具體情況在關於梁宗岱的史料中極其簡單，但有一個重要史料來源可以解決這個問題。北平朝陽學院辦的《法律評論》雜誌（江庸主編），其中特別提到第 11 卷第 12 期上，曾原文刊出過當時梁宗岱離婚案的判決書：《北大教授梁宗岱離婚案北平地方法院之判決書》。

　　法律文書，在判斷事實方面一般說來是較為可靠的，所以在研究梁宗岱生平時，當時的判決書應視為第一手材料。婚姻關係中，通常最能看出一個人的品質，而女性在離婚案中處於弱者地位是較為常見的事實。一般來說，離婚案中對女性過於苛刻的男性，在個人私德方面較有可議處，雖然清官難斷家務事，但從梁宗岱離婚案中，可以看出由傳統婚姻向現代婚姻轉變時所表現出的個人德性，在中國現代文學史上，此類事甚多。胡適、魯迅、聞一多、郁達夫、田漢、周揚等等，都曾遇過此事。因為傳統婚姻中的契約關係，多從習慣，轉到用現代法律判斷事實時，確實有相當難度，多數情況下要憑良心。梁宗岱一開始先是不承認他和何有婚姻關係，沒有辦法了，才說結過婚而未同居，這樣就連梁宗岱的同鄉同學，當時北大史學系的主任陳受頤都看不過去了，才和胡適一同為弱者作證。

　　從那份判決書中可以看出，梁宗岱在這方面確實有些問題。因為他一開始不承認與何瑞瓊的婚姻，最後竟讓法院當庭用辨識字跡的方法來確認相關事實。梁宗岱還就當時的法律用語進行了一番辯解，而法院在判決書中說他：「被告身任大學文科教授，雖其所教科目為法文，究不能謂於本國文字之通常文義，亦不能瞭解，其用語錯誤之主張，顯難憑信。」

　　當時梁宗岱的月收入是四百元，何瑞瓊要的撫養費是一百五十元。法院認為：「惟被告收入月僅四百元，原告請求月給一百五十元，已超過其收入的三分之一以上，殊難認為相當之額數，斟酌原告之需要及被告之經濟能力，判令被告月給原告生活費一百元，而將原告其餘之請求駁回，以昭公允。」

　　《法律評論》是早年一本專業雜誌，一般研究文學的人，很難想到去其中找有關的史料，但恰恰就是這本與文學沒有關係的專業雜誌中，不但會有梁宗岱的材料，還有關於胡適的材料。我強調不成型史料在學術研究中的重要性，主要是希望建立一個關於中國現

代文學史料來源的意識。有了這個意識，尋找史料的眼光就會與一般人不同。學術研究，在最根本的意義上也是一種智力遊戲，而智力遊戲，就要有趣味，什麼才能有趣味？意外發現才有趣味，在別人想不到的地方發現了有用的史料，和科學發現產生的快樂是一樣的，當然程度不同。

第五節　中國現代文學研究中的掌故之學

從學術史角度觀察，中國現代文學史研究中，本來有兩個傳統，一個是「論說」的傳統，一個是「掌故」的傳統，或者說一個「義理」的傳統，一個「考據」的傳統。「論說」的傳統是大傳統，「掌故」的傳統是小傳統。「論說」重議論和立場，「掌故」重事實和人事。所謂掌故一般是指舊人舊事，舊制舊例，歷史上的人物事蹟、制度沿革等史實或傳說。瞿兌之為《一士類稿》所寫前言，是一篇關於掌故筆記之學的經典文獻。掌故筆記的特點是以當事者敘述經歷和文壇現狀，偏重人事和內幕事實的敘述，是正史之外極有利於人們判斷歷史細部、細節及偶然因素的一類文獻，晚清以來掌故筆記的興盛，成為學術傳統中的一個重要組成部分，在中國現代文學史研究中，這個傳統在教學體制中並沒有太高的地位，但在研究過程中，卻成為很難偏廢的一種史料，它對研究者回到歷史現場、掌握作家、社團和流派間的細微關係都有很大幫助，我們不應當只把這些東西看成是一般的文壇內幕、軼聞傳說，而是要在掌握大時代背景前提下，從這些細微史料中養成判斷歷史人物和歷史現象的基本能力。

　　一個學科如果要發展的平衡，應當是這兩個傳統都不能偏廢。但在中國現代文學史的學術傳統中，「論說」傳統很興盛，「掌故」傳統卻較為消沉，少數從事史料工作的人，或者從事「書話」寫作的人，可能在這方面也沒有足夠的自覺意識。如果我們梳理中國改革開放以來現代文學研究的學術傳統，大體可以發現「論說」傳統是絕對主流，而「掌故」傳統還不成系統。無論北大、復旦還是南京大學，就其制度化的學科傳統觀察，都是「論說」一路，當然這不意味著凡「論說」傳統就輕視史料，而是說，「論說」傳統成為中國現代文學研究絕對主流後，在制度化的教學體系中，「掌故」之學的地位可能會受到影響。如果我們從雜誌的角度觀察，改革開放後《新文學史料》代表了「掌故」的傳統，《中國現代文學研究叢刊》代表了「論說」的傳統。據我所知，凡研究中國現代文學的人，一般對《新文學史料》的評價要高於對《中國現代文學研究叢刊》的評價，因為「掌故」是實的，而「論說」則難免流於空疏，當然這個判斷只在一般意義上成立。我為什麼在講史料時特別要提出來一個「掌故筆記」之學的概念來呢？主要還是想在我們這門學科中提高史料的學術地位。我一直有個看法，王瑤、李何林幾位前輩在建立中國現代文學這門學科時，可能對中國傳統學術中的「掌故筆記」之學沒有自覺意識，而把思考的重心放在了論說一面。

　　中國現代文學學科的建立，不是由知識內在發展要求獨立演變過來的，它從一開始就受制於一定的意識形態，最初從事新文學教學的學者是在失去學術自由和獨立思考的前提下，按照意識形態的要求來建立這門學科的。王瑤在《中國新文學史稿》的自序中曾說：「1948 年北京解放時，著者正在清華講授『中國文學史分期研究（漢魏六朝）』一課，同學就要求將課程內容改為『五四至現在』一段，次年校中添設『中國新文學史』一課，遂由著者擔任。兩年以來，隨教隨寫，粗成現在規模。1950 年 5 月教育部召集的全國

高等教育會議通過了『高等學校文法兩學院各系課程草案』，其中規定『中國新文學史』是各大學中國語文系的主要課程之一。」[1]

從王瑤的敘述中可以看出，他對於新文學的選擇是有一定的被動性。上世紀五〇年代初，王瑤曾想過要離開清華，而去江西的南昌大學，其中有一個主要的原因就是因為在南昌大學：「教的課是中國文學史。」[2]

1952 年，王瑤在一份自我檢討中說過：「後來系裡在課改中課程有了變動，古典文學只剩下了三門課，而就有三位教古典文學的教授，而且資格都比我老，教新文學的又人少課多，於是我改教了新文學，但我在思想上並沒有放棄了我研究古典文學的計畫，因為我以為研究新文學是很難成為一個不朽的第一流學者的。」

1950 年，教育部對中國新文學史教學的主要要求是「運用新觀點，新方法。講述從五四時代到現在的中國新文學的發展史，著重在各階段的文藝思想鬥爭和其發展狀況，以及散文、詩歌、戲劇、小說等著名作家和作品的評述。」王瑤的《中國新文學史稿》就是順應這個要求完成的，上冊的寫作早於這個時期，所以個人色彩較下冊非常明顯，王瑤當時的處境就是他不能夠按照學術自身的要求來完成他的學術著作。1951 年，他在給一位向他請教新文學教學問題的教師的一封信中說：「李輝英原曾有所敘述，今已刪（政治上有問題）。」[3]李輝英的所謂問題，就是因為他當時去了香港。

在中國現代文學還沒有成為大學中文系的主要課程之前，1949年 9 月，新華書店和華北聯合出版社曾出版過一本《大學國文（現代文之部）》。這是一本「大學叢書」，由「華北人民政府教育部教科書編審委員會編」，教科書的序言是葉聖陶寫的。他在一開始就

[1]　王瑤：《中國新文學史稿》上冊，上海：新文藝出版社，1954 年，第 1 頁。

[2]　《王瑤文集》第 7 卷，太原：北嶽文藝出版社，1993 年，第 499 頁。

[3]　《王瑤文集》第 7 卷，太原：北嶽文藝出版社，1993 年，，第 602 頁。

說：「這個選本的目錄，原先由北京大學跟清華大學的國文系同人商定，後來加入了華北人民政府教育部教科書編審委員會的同人，三方面會談了幾次，稍稍有些更動，成為現在的模樣。一共三十二題。毛主席的『在延安文藝座談會上的講話』列入目錄，可沒有把全文印在裡面，因為這篇文字流傳的很普遍，哪兒都可以找到。」

　　說是三方商量，但實際是以華北人民政府教育部為主，教科書的編選標準是這樣的：「那些懷舊傷感的，玩物喪志的，敘述身邊瑣事的，表現個人主義的，以及傳播封建法西斯毒素的違背時代精神的作品，我們一概不取。入選的作品須是提倡為群眾服務的，表現群眾的生活跟鬥爭的，充滿著向上的精神的，洋溢著健康的情感的。我們注重在文章的思想內容適應新民主主義革命的要求，希望對於讀者思想認識的提高有若干幫助。就文章的體裁門類說，論文、雜文、演說、報告、傳敘、速寫、小說，我們都選了幾篇。這些門類是平常接觸最多的，所以我們提供了若干範例。」

　　從這本教科書的目錄上可以看出，它實際上就是未來中國現代文學教學的雛形。1951 年 5 月 30 日，由老舍、蔡儀、王瑤、李何林（原定還有陳涌，他後來沒有參加，張畢來也曾參加過草擬大綱）四人負責起草的《中國新文學史」教學大綱（初稿）》[1]（新建設出版社，1951 年 7 月），就與這本教科書的基本指導思想完全相同。它在作家的選擇和評價上，差不多就是以這本教科書為範圍的。雖然《大學國文》還不是新文學史的教科書，但由於它是由華北人民政府教育部主編的，所以在很大程度上代表了未來新文學史教學的主要方向，以下是這本教科書的目錄：

　　　在延安文藝座談會上的講話（毛澤東）
　　　毛澤東論學習

---

[1]　李何林等著：《中國新文學史研究》，北京：新建設雜誌出版社，1951 年。

《農村調查》序言二（毛澤東）

中共中央毛澤東主席關於時局的聲明

人的階級性（劉少奇）

五四運動與知識份子的道路（陳伯達）

表現新的群眾的時代（周揚）

論嚴肅（朱自清）

魯迅的精神（瞿秋白）

奴隸就是這樣得到解放（郭沫若）

墨子與墨家（張蔭麟）

馬克思墓前演說（恩格斯）

論列寧（史達林）

作家與戰士（羅斯金）

論通訊員的寫作和修養（加里寧）

在巴黎世界擁護和平大會上的演說（愛倫堡）

短論三篇（魯迅）──

　　人生識字糊塗始

　　不應該那麼寫

　　什麼是諷刺

寫於深夜裡（魯迅）

龍鳳（聞一多）

狂人日記（魯迅）

在其香居茶館裡（沙汀）

傳家寶（趙樹理）

一個女人翻身的故事（孔厥）

無敵三勇士（劉白羽）

鄭子產（張蔭麟）

文人宅（朱自清）

　　白楊禮贊（茅盾）

　　春聯兒（葉聖陶）

　　包身工（夏衍）

　　海上的遭遇（周而復）

　　三日雜記（丁玲）

　　墨水和鮮血（愛倫堡）

從這本國文教科書的目錄中可以看出這樣幾個特點：

1. 它對作家和作品的選擇帶有明顯的排斥性。那些在中國新文學運動中起過重要作用的作家大多數沒有作品入選，它的選擇標準是很狹隘的，完全以政治標準來進行取捨，凡在政治態度上不被認可的作家，他們的作品無論在新文學發展的歷史上起過什麼作用，都不入選。

2. 以政治人物的作品為先導，此點對於後來中國現代文學史教學的影響很大，毛澤東、劉少奇、陳伯達、恩格斯、史達林、加里寧、羅斯金等政治人物都有文章入選，而且占了很大比例。

3. 對於新文學作家的認可，在非延安系統的作家中，只有魯迅、朱自清、聞一多三位入選，而這三位作家是毛澤東在文章中明確表示認可的。

4. 以延安文化為唯一取向。在上面的目錄中，除了政治人物的文章外，基本就是延安作家和左聯作家的作品。如周揚、郭沫若、趙樹理、孔厥、劉白羽、周而復、丁玲、沙汀、茅盾、葉聖陶、夏衍。

　　教科書唯一的例外是選了學者張蔭麟的兩篇文章，而這兩篇文章的選擇也是因為關於墨子的那篇文章中有這樣的認識：「孔子是傳統制度的擁護者，而墨子則是一種新社會秩序的追求者。」那篇《鄭子

產》的入選，也有很強的實用性。這本國文教科書雖然不是專門為新文學的教學而編的，但它的指導思想卻對後來中國新文學史的教學產生了很大的影響。由李何林和王瑤負責起草的「中國新文學史」教學大綱基本就延續了這種思路。特別是他們兩位給教員指定的參考書，就是以同樣的標準來制定的，此點可以從他們指定的「論文」和「歷史」兩部分書目中見出，以下是王瑤起草經李何林修改的參考書目：

1. 論文部分：毛主席在延安文藝座談會上的講話

2. 整風文獻

3. 魯迅三十年集亂談及其它（瞿秋白著）

4. 表現新的群眾時代（周揚）

5. 《劍、文藝、人民》（胡風著）及胡風其他論文

6. 中華全國文學藝術工作者代表大會紀念文集

7. 民族形式討論集（胡風編）

8. 大眾文藝叢刊《批評論文選集》

歷史部分：

1. 論民族革命的文藝運動（雪峰著）

2. 論文學的工農兵方向（雪葦著）

3. 近二十年中國文藝思潮論（李何林編著）

4. 中國抗戰文藝史（藍海編著）

5. 中國新民主主義革命史（胡華編）

　　中國現代文學史研究中的「論說」傳統，在這門學科建立之初就形成了自己固定的思路，無論是王瑤《中國新文學史稿》、張畢來《新文學史綱》還是蔡儀《中國新文學史講話》以及劉綬松的《中國新文學史初編》，基本在同一個學術方向上發展。這個「論說」傳統的特點是先以毛澤東《新民主主義論》和《在延安文藝座談會上的講話》為指導闡述原理，然後經過選擇文學史事實來印證已有的結論。比如王瑤《中國新文學史稿》一開始就認為：中國新文學的歷史，是從五四的文學革命開始的。它是中國新民主主義革命三十年來在文學領域上的鬥爭和表現，用藝術的武器來展開了反帝反封建的鬥爭，教育了廣大的人民；因此它必然是中國新民主主義革命史的一部分，是和政治鬥爭密切結合著的。新文學的提倡雖然在五四前一兩年，但實際上是通過了『五四』它的社會影響才擴大和深入，才成了新民主主義革命底有力的一翼的。」[1]而蔡儀 1949 年在華北大學文學部的講稿中，認為中國新文學運動的基本精神，一是反帝反封建、二是新文學運動是無產階級領導的；三是新文學運動是以人民大眾為主的。[2]李何林解釋中國新文學的性質時認為，中國新文學的性質是中國革命性質決定的，而中國革命的性質就是無產階級領導的，以工農聯盟為基礎的、人民大眾的、反帝反封建反官僚資本的新民主主義的革命，它決定了中國從五四以來的新文學便是新民主主義文學，是由無產階級領導的，為廣大人民服務的文學。[3]這個中國現代文學史研究的傳統，在改革開放後發生了很大變化，但變化的主要是「論說」的對象和評價，而作為學術傳統的「論說」本身並沒有發生根本改變，也就是說闡述理論發生了變化，但闡述方法本身還是基本的研究方式，此點集中體現在錢理群

---

[1]　王瑤：《中國新文學史稿》上冊，上海：新文藝出版社，1954 年，第 1 頁。

[2]　蔡儀：《中國新文學史講話》，上海：新文藝出版，1957 年，第 16、20 頁。

[3]　李何林等著：《中國新文學史研究》，北京：新建設出版社，1951 年，第 61 頁。

等主編的《中國現代文學三十年》一書中，這個傳統現在還是中國現代文學史研究中的主要方法。

中國現代文學史研究中，本來同時還存在一個「掌故筆記」的傳統，早期阿英、趙家璧、趙景深、曹聚仁等人開創的注重史料搜集和敘述文壇內幕的學術傳統，使中國現代文學發生和發展過程中呈現一種作品和作家生活共生的活潑局面，也就是除了作品之外，敘述作家現實生活的「掌故筆記」傳統一直存在，無論是作家的自傳性作品還是「掌故筆記」，時有所見，在中國現代文學史的學術傳統中，左右兩面的作家，都保持了這個學術傳統，左聯自己內部的爭論以及不同作家、不同流派、不同社團之間的各種爭論，甚至作家私生活的情況，都時時呈現出來。這個學術傳統到了 1949 年後消沉，稍有一點餘緒則是偶然的作家回憶性文字以及一些專門從事史料研究者完成的「書話」類作品，比如唐弢、丁景唐、瞿光熙等人的研究工作，但格局也相當有限，主要是關於魯迅及左聯方面的史料搜集和生活情況。

第二章　中國現代文學史料的搜集

第一節　搜集史料的意識

史料搜集是一切學術研究工作的基礎。搜集有兩個含義。一是把與研究對象相關史料的出處搞清楚，一是把這些搞清楚的史料找出來。

意識到史料的可能出處是搜集史料的意識，找到史料是搜集史料的結果。有意識，不一定有結果，但沒有意識，一定不會有好的結果。所以在史料搜集工作中，我們先要解決的是一個閱讀基礎問題，或者說要先解決閱讀量問題。和中國古代文獻不一樣，中國現代文學是依賴現代新聞、現代出版制度存在的，也就是說，除了極少量的原始檔案及作家手稿和私人間的往來書信外，中國現代文學史料的存量方式，主要是印刷品，而印刷品的存量，一般來說，極少是孤立的史料。我們搜集中國現代文學史料，說簡單一點，也就是搜集與文學活動相關的所有印刷品。主要形式是作家著作的初版本、原始的報紙、雜誌以及相關出版物（包括油印、手寫的大學講義等）、對作家的訪問以及口述實錄（包括聲像）等。

中國現代文學史料的一大特點是量大和分散，除了很少整理好的成型文獻外，多數史料沒有確切的方向，只有大致可能的方向，這就是我要強調閱讀量的意思。

由於中國現代文學史是一個豐富的整體，其中包括很多政治活動和文學的側面，我們不能要求一個研究中國現代文學史的人對所

有知識領域都有很熟悉的瞭解，這不但做不到，事實上也不可能。在中國現代文學研究領域，越往後分工也越細密，除了不同時段間的差別外，對每一文學活動、作家作品、文學思潮、文學論爭以及不同的文學體裁等等問題，每個研究者的學術興趣和主攻方向都不相同，所以我們說以後不可能有對中國現代文學所有方面都有精深研究的學者，只有對某一方面有完備知識和精深研究的學者，以後的情況很有可能是專家多，而通才少。雖然作為研究對象，中國現代文學的學術難度比其他成熟的學科較小，但這只是表面現象，精深的學術研究，常常不是因為研究對象本身的難度來決定的，再簡單的研究對象，也能體現研究者的智慧和學養。

閱讀量的解決，除了靠讀書興趣和習慣外，好像沒有什麼特別好的解決辦法，我只能強調在進入中國現代文學史料的搜集前，對於中國現代文學發生期間的基本文獻，要有一個大概的瞭解，當然這也是一句模糊話，讀了多少書算是基本瞭解？我只能說，就閱讀量來說，沒有人可以給出一個標準，只能說越多越好。

有了史料意識還不夠，同時還要形成史料的問題意識。沒有人能說出中國現代文學史料到底有多少？而史料問題，關鍵還不是量的問題，而是隨研究對象的變化來判斷史料的問題。有些史料在此問題上不重要，但在彼問題上很重要，而中國現代文學的研究對象也在發生變化，比如早些年，中國現代文學研究中基本不涉及中國現代文學課程設置、教科書編撰以及文學的傳播活動等方面，但近年來，相關的研究工作卻很多，很有成為一時顯學的可能，這時候，以往在教育史範圍內的史料，就要被大量轉化為中國現代文學研究的史料，所以我要說，有什麼存世的中國現代文學史料不是關鍵，關鍵是你要找什麼樣的中國現代文學史料，這就是史料的問題意識。

　　問題有大小、有難易，但絕對不能沒有問題。尋找史料的目的是為研究工作的進行做充分準備，有為史料而史料的工作，但那只限於較少的以史料搜集和整理為學術目標的學者，對一般研究者來說，尋找史料是為研究建立基礎，史料本身還不是唯一目的。中國現代文學史料，因為時間相對較近，大體說來沒有什麼真偽的問題，少數作家的作品，在不同的時期，有一些盜版本傳世，後來還有一些作家的作品在多次印刷中有修改、刪節或者補充的地方，這些我們基本可以放在中國現代文學的版本校勘中來研究，還不能算是作偽問題。所以對待中國現代文學史料，主要是判別這些史料的內容，它的形式本身相對來說並不很重要。

　　我們以魯迅和廈門的關係為例來說明這個問題，要敘述清楚這個問題，我們最需要的是先把相關文獻搞清楚，這個文獻系統至少包括如下內容：

1. 陳夢韶：《魯迅在廈門》（作家出版社，1954 年）。

2. 廈門大學中文系編：《魯迅在廈門資料彙編》（內部印刷，1976 年）。

3. 廈門大學中文系著：《魯迅在廈門》（福建人民出版社，1976 年）。

4. 廈門大學中文系著：《魯迅在廈門》（修訂本，福建人民出版社，1978 年）。

5. 廈門大學魯迅紀念館編：《魯迅在廈門著作篇名印譜》（內部印刷，1978 年）。

6. 張震麟編文，翁開恩繪畫：《魯迅在廈門》（連環畫，江蘇人民出版社，1981 年）。

7. 陳逸飛、魏景山為:《魯迅在廈門》所作的三幅油畫（見《魯迅在廈門》修訂本）。

8. 朱水湧、王燁主編:《魯迅:廈門與世界》（廈門大學出版社，2008 年）。

　　魯迅研究中的「廈門敘事」並不是一種先有成熟預設的學術構想，而是一種政治文化居於主導地位時，學者的偶然選擇，這種選擇中暗含了自我保護的本能，同時也成為了一種學術潮流。1949年前，關於魯迅在廈門生活的經歷，只有兩篇簡短的文字，一篇發表在《北新》雜誌上，一篇發表在《魯迅先生逝世紀念集》裡。如果在一個正常的學術環境裡，魯迅與廈門的關係，不可能發展成一種典型的「廈門敘事」，可以想像，一個學者在一地簡單的四個月校園生活，要建構起一套較為完整的文學史敘事並不是一件容易的事，因為這個歷史敘述要包括紀念館、塑像、相關的文字研究等一系列學術工程，而事實上，在近半個世紀的時間中，魯迅研究中的「廈門敘事」恰好完成了。

　　1954 年出版的陳夢韶的《魯迅在廈門》是「廈門敘事」最重要的學術工作，後來「廈門敘事」的成形，基本建立在陳夢韶學術工作的基礎上。陳夢韶的《魯迅在廈門》建立在自己真實的經歷和詳細調查研究基礎上，陳夢韶這項學術工作的重要性是完整建立起了「廈門敘事」的史料基礎，雖然他的立場在魯迅一面，偶有對「現代評論派」的不敬之語，但並沒有因為這個原因而對其他歷史人物進行有意貶低或者對當時廈門大學的校政作過多負面評價。可惜魯迅研究中的「廈門敘事」最終沒有沿著陳夢韶的路徑前行，而是越來越向偏離歷史事實的方向行進。

　　1957 年，曾在廈門大學任教的川島寫了一篇《和魯迅先生在廈門相處的日子》，在讚揚魯迅在廈大工作的同時，對廈大校長林

文慶進行了貶低，說他：「長的樣子像從前日本大學眼藥的商標，或者不如說大學眼藥的商標像他。在新加坡以行醫致富，中國人而是入了英國籍的，基督徒而是信奉孔子的⋯⋯」[1]

早期魯迅研究中的「廈門敘事」中主要採取的是對歷史人物和事實的回避態度，因為當時和魯迅在廈門共事的同事基本都還健在，雖然在政治思想上這些人物已處於邊緣，但在實際生活中他們還有一定的學術地位，並不是完全被否定的歷史人物，比如顧頡剛等人，還有一個就是對當時廈門大學的評價。廈門大學是中國舊大學中極少延續到 1949 年後而沒有變更校名和校址的大學之一，加之陳嘉庚始終是獲得正面評價的僑界領袖，這樣早期完成的「廈門敘事」對於舊廈門大學基本也取回避態度，因為完全否定廈門大學的歷史和其他教員的工作，顯然不合歷史事實，又不尊敬陳嘉庚，但又要同時放大魯迅在廈門大學短暫工作的時代意義，這就決定了早期魯迅研究中「廈門敘事」的內在矛盾，這個內在矛盾到了 1976 年才得以解決，因為此時可以毫無忌地否定魯迅在廈門大學的同事，同時也可批判廈門大學。但這個內在矛盾的解決又是建立在違背歷史事實基礎上的，從邏輯上緩解了「廈門敘事」的內在矛盾，但在歷史事實上卻走得更遠了。

1976 年 9 月，幾乎同時完成的《魯迅在廈門資料彙編》和《魯迅在廈門》，基本完善和定型了「廈門敘事」的模式。在這兩本著述中，《魯迅在廈門資料彙編》的學術價值今天依然存在，它對當時廈門大學與魯迅相關史料的發掘和收集，使這本資料集的生命力長存，在所有關於「廈門敘事」的建構中，這本史料集和陳夢韶的著作最有學術意義。而《魯迅在廈門》及它的修訂本，則基本以虛構歷史和隨意拔高魯迅為基本敘事方式，而書中出現的陳逸飛和魏

---

[1] 川島：《和魯迅相處的日子》，成都：四川人民出版社，1979 年，第 59 頁。

景山的三幅關於魯迅在廈門大學的油畫，也完全建立在「高大全」和「紅光亮」的思維上，到了《魯迅在廈門》的連環畫中，凡與魯迅對立的歷史人物無不形容猥瑣，唯有魯迅一人高大無比。魯迅研究中的「廈門敘事」到了《魯迅在廈門著作篇名印譜》完成時，一時就很難再找到與這種形式相比的讚譽方式了。

當魯迅研究中的「廈門敘事」經歷長久時間和各種形式的整合後，這種敘事模式就成為一種習慣，至於其中的真實歷史事實，一般的研究者也就不再加以辨析，延續下來的「廈門敘事」也就成為一種新的歷史，只不過這種歷史是經由敘事者主觀選擇而造成的歷史。這種歷史思維今天還有它的慣性。王富仁在《廈門時期的魯迅：穿越學院文化》中認為：「魯迅一到廈門大學，就感到與其他教授共同進餐時的談話是很無聊的。應該說，他的這種體驗並不是沒有一點內在根據的，並不能僅僅理解為他的脾氣古怪……在廈門大學這座文化教育的孤島上，情況就有了些不同。不論是廈門大學的陳嘉庚，還是當時的校長林文慶，重視的都是中國有沒有文化、有沒有教育的問題，而不是發展什麼樣的文化、什麼樣的教育問題。他們在文化思想上都更是隨順潮流的，對像魯迅這樣的文化『激進派』、『先鋒派』，即使不加有意的排斥，也有一種無意的漠視。」[1]

這個判斷建立在既成的「廈門敘事」前提下，就邏輯本身判斷，都很嚴密，但與歷史事實並不相合。因為要追問歷史人物當時的思想狀態是非常困難的，比較並判斷這些歷史人物思想狀態的高下就更是難上加難了，今天海外專門研究陳嘉庚和林文慶的學者，恐怕很難認同王富仁的判斷，因為這個判斷沒有建立在史料基礎上，還是把魯迅作為一個先進的文化戰士來理解，並以文化戰士所應當具有的先進思想作為「廈門敘事」的邏輯起點。

[1] 朱水湧、王燁主編：《魯迅：廈門與世界》，廈門：廈門大學出版社，2008年，第16頁。

第二節　搜集史料的方式

　　中國現代文學史料的搜集，可以從兩方面來說。一般來說，獲得史料的途徑不外兩種，一是在文字記錄之外，也就是我們經常說的實物；二是文字記錄，即印刷品。

　　中國現代文學發生的期間，影像手段雖然已出現，但並不普及，所以在中國現代文學史料的概念中，實物性的史料並不多，如作家手稿、作家故居和相關實物等，我們要留意實物的存在，但我們用力的地方卻在文字記錄。

　　中國現代文學史，成為專門學科的時間還不是很長，再加上史料多而零散，所以到現在為止，在中國現代文學研究中，還沒有建立起一套關於中國現代文學史料的目錄學。這不是說現在的學者無能，或者沒有這個意識，而是因為中國現代文學的史料和中國古代文獻的基本史料不是一個類型。

　　中國古代文獻，唐以後才出現雕版印刷，古書的存量易於搞清楚，完整的目錄學相對也可以建立起來。但中國現代文學不同，它是依賴於現代印刷存在的文學活動和著述活動，再加上受西方學科體制的影響，中國現代文學所涉及的方面和涉及的相關史料，在數量上很難有一個穩定的存量。所以很多年來，中國現代文學的研究者也編輯過相當數量的各種專門對象（包括期刊、報紙文藝副刊、叢書等）的相關目錄，但中國現代文學相對完整的目錄學，還是沒有建立起來，所以我們很難說讀哪一本目錄或者著述提要一類的書，就可以對中國現代文學有一個大體的瞭解，這是現代學術和古代學術一個比較明顯的差別。

　　在中國古代文獻學中，目錄學早已很成熟。因為古代史料大體是固定的，在這個基礎上建立的目錄學也相對穩定。再加之歷代學者對這些傳統學問的累積工作，中國古代文獻學的完善，為研究工

作提供了非常便利的條件。張之洞在《書目答問‧略例》中就說過：「今為諸君指一良師，將《四庫全書總目提要》讀一過，即略知學問門徑矣。」王鳴盛在《十七史商榷》中也說過：「目錄之學，學中第一要緊事。必從此問塗，方能得其門而入。然此事非苦學精究，質之良師，未易明也。」

　　雖然中國現代文學研究中，還沒有一部系統成熟的目錄，但不等於沒有這樣的工作。可以說在中國現代文學的每一研究門類中，都會或多或少有一些關於本專業的目錄一類的書，比如趙家璧負責編輯的《中國新文學大系》中，阿英編輯的第十輯即是「史料‧索引」。還有阿英用不同名字出版的幾種關於中國現代文學的史料，如阮無名《中國新文壇秘錄》（上海南強書局，1933 年）、錢杏邨《現代中國文學作家》（上海泰東圖書局，1928 年）、張若英《中國新文學運動史料》（上海光明書局，1934 年）。唐沅等編輯的《中國現代文學期刊目錄彙編》上下冊（天津人民出版社，1988 年）、香港中文大學聯合書院圖書館編印的《中國現代戲劇圖書目錄》（香港中文大學，1967 年）、董健主編的《中國現代戲劇總目提要》（南京大學出版社，2003 年）賈植芳等主編的《中國現代文學總目》（福建教育出版社，1993 年）、劉福春整理編著《中國新詩書刊總目》（作家出版社，2006 年）、《中國現代作家著譯書目》兩冊（含續編，書目文獻出版社，1982、1985 年），《辛亥革命時期期刊總目錄》（內部印刷，上海圖書館編輯，1961 年），郭志剛等編《中國現代文學書目彙要》（小說卷、詩歌卷各一冊，書目文獻出版社，1994 年）、應國靖《現代文學期刊漫話》（花城出版社，1986 年），《魯迅著譯系年目錄》（上海文藝出版社，1981 年），廣西社會科學院主編《文藝期刊索引》（廣西人民出版社，1986 年）、國家圖書館、上海圖書館編《1833～1949 全國中文期刊聯合目錄》(補充本)，（中央民族大學出版社，2000 年）、楊家駱《民國以來出版新

書總目提要初編》（上下冊，非賣品，1970 年，臺北）、《民國時期總書目》等，都是大型的目錄書。

還有一種特殊的目錄是圖書館的自編目錄。一般圖書館都有自己編輯的本館藏書目錄，這種目錄的好處是目錄與收藏同一，在本圖書館查到此目錄，馬上就容易得到相應的圖書，此種書目一般都依據實物編纂，所以可靠程度相對較高。圖書館無論大小，一般都有本館書目。比如《東北淪陷時期作家與作品索引》（哈爾濱市圖書館編，1986 年）、《中國現代文學期刊目錄初稿》（上海文藝出版社，1961 年）、文天行等編《中華全國文藝界抗敵協會史料選編》（四川社會科學院出版社，1983 年，成都）、《抗戰文藝報刊篇目彙編》（王大明等編，四川社會科學院，1984 年，成都）、《上海孤島時期文學報刊編目》（上海圖書館特藏部編，上海社會科學出版社，1986 年，上海）、《中國現代文學書目總編》，1961 年，臺北）、《陳紀瀅先生著作及贈書簡目》（國立中央圖書館編印，1993 年，臺北）《秦賢次先生贈書特展展覽目錄》（中央研究院中國文哲研究所，2004 年，臺北）等，國內也有《唐弢藏書目錄》（中國現代文學館編，非賣品，2003 年）。

閱讀藏書目錄，就如同看到了人一生的學術工作。唐弢藏書共有三部分，一部分是作家的作品集（包括外國作家的作品），編者把這類書統一稱為：平裝書。第二部分是線裝書，第三部分是期刊。這本目錄的缺點是索引編得不夠科學，使用不大方便。秦賢次的贈書目錄相對就好得多，秦賢次贈書中，大陸各著名學校畢業紀念冊或同學錄、劉吶鷗及新感覺派相關資料比較集中，如果做相關專題研究，這是個重要的史料提示。

在中國現代文學的目錄中，有專題目錄、著作目錄和研究資料目錄等多種形式，一般說來越是重要的作家，相對的目錄索引也就越完善，在中國現代文學研究中，我們注意目錄、索引一類工具書

的主要目的還在於使用，至於編纂這些工具書以及它的具體體例，因為相對簡單和成熟，這裡就不多介紹了。下面介紹兩種重要但不常見的目錄：

一本是英文《中國現代小說戲劇一千五百種》（1500 Modern Chinese Novels & Plays）。

本書是 1948 年輔仁大學印刷的，嚴格說不是正式出版物，所以可能流通不廣。夏志清寫《中國現代小說史》的時候，在前言裡專門提到宋淇送他的這本書非常有用。這本書的作者，通常都認為是善秉仁。關於此書的編輯情況是這樣的：當時「普愛堂出版社」計畫出版一套叢書，共有五個系列，第一個系列是「文藝批評叢書」，共有四本書，都與中國新文學相關，我見過兩本，一本是《文藝月旦》（甲集，原名說部甄評），一本是《中國現代小說戲劇一千五百種》。這本書由三部分組成：第一部分是蘇雪林寫的「中國當代小說和戲劇」（Present Day Fiction & Drama In China）。第二部分是趙燕聲寫的「作者小傳」（Short Biographies Of Authors）。第三部分是善秉仁寫的《中國現代小說戲劇一千五百種》。這本書印刷的時間是 1948 年，大體上可以看成中國現代文學結束期的一個總結，作為一本工具性的書，因為是總結當代小說和戲劇以及相關的作家問題，它提供的材料準確性較好。特別是善秉仁編著的「中國現代小說戲劇一千五百種」，主要是一個書目提要，雖然有作者的評價，如認為適合成年人、不適合任何人或者乾脆認為是壞書等，但這些評價現在看來並不是沒有價值，我們可以從他的評價中發現原書的意義，就是完全否定性的評價，對文學研究來說也不是毫無意義。當時張愛玲出了三本書，分別是《傳奇》、《流言》和《紅玫瑰》（原名如此），提要中都列出了。認為《流言》適於所有的人閱讀，而對《紅玫瑰》是否定的，建議不要推薦給任何人。對《傳奇》則認為雖然愛情故事比較危險和灰色，不合適推薦給任何人閱

讀，但同時認為，小說敘述非常自由和具有現代風格，優美的敘述引人入勝且非常有趣。另外，本書對《圍城》的評價也不高。

　　本書的編纂有非常明確的宗教背景，前言開始就說明是向外國公眾介紹中國當代文學，但同時也有保護青年、反對危險和有害的閱讀。作為中國早期一本比較完善的現代文學研究著作，本書的價值可以說是相當高的，除了它豐富和準確的資料性外，蘇雪林的論文也有很高的學術意義。它基本梳理清了中國現代小說和戲劇的發展脈絡，而且評價比較客觀。她對魯迅在中國現代小說史上的開創性地位有正面的評價，對老舍、巴金的文學地位也有較高評價。對新興的都市文學作家群、鄉土作家群、北方作家群等等，都有專章敘述，中國現代文學史上有地位的小說家和劇作家基本都注意到了。本書敘述中國當代小說，蘇雪林第一個提到的就是魯迅，她說無論什麼時候提到中國當代小說，我們都必須承認魯迅的先鋒地位。

　　另一本是善秉仁的《說部甄評》。原是用法文寫的一本書，後來譯成中文，名為《文藝月旦》甲集，1947 年 6 月初版，署景明譯，燕聲補傳。書前有一篇 4 萬餘字的《導言》，其中第三部分「中國現代小說的分析」，多有對中國現代文學的評價。本書除了善秉仁的「導言」外，趙燕聲編纂的「書評」和「作家小傳」，這些早期史料，對中國現代文學研究很有幫助，特別是其中一些史料線索很寶貴，比如善秉仁在《文藝月旦》的導言最後中提到：「文寶峰神父的《中國新文學運動史》業已出版。一種《中法對照新文學辭典》已經編出，將作為『文藝批評叢書』的第三冊，第四冊又將是一批『文藝月旦』的續集。」

　　我查了一下印在《中國現代小說戲劇一千五百種》封三上的廣告目錄，提示英文正在計畫中，而法文本已經印出。本書列為「文

藝批評叢書」的第二種：Histoire de La Litterature chinoise moderne by H. Van Boven Peiping 1946。

　　文寶峰（H. Van Boven）是比利時人，曾在綏遠、北京一帶傳教，喜歡中國新文學，1944 年，被日本侵略軍關進集中營後，他繼續閱讀新文學作品和有關書籍，用法文完成了《新文學運動史》（Histoire de La Litterature chinoise moderne），1946 年作為「文藝批評叢書」的一種，由北平普愛堂印行。此書國家圖書館現在可以找到，希望以後能翻譯出來供研究者使用，而《中法對照新文學辭典》不知道後來進展如何，現在研究中國新文學史編纂史的人不少，但極少提到文寶峰這本書，至於《中法對照新文學辭典》就更沒有人注意了。《新文學運動史》正文共有 15 章，除序言和導論外，分別是：

1. 桐城派對新文學的影響；
2. 譯文和最早的文言論文；
3. 新文體的開始和白話小說的意義；
4. 最早的轉型小說——譯作和原創作品；
5. 新文學革命：A.文字解放運動；B.重要人物胡適和陳獨秀；C.反對和批評；D.對胡適和陳獨秀作品的評價；E.新潮；
6. 文學研究會；
7. 創造社；
8. 新月社；
9. 語絲社；
10. 魯迅：其人其作；
11. 未名社；
12. 中國左翼作家聯盟和新寫實主義；

13.民族主義文學；

14.自由運動大同盟；

15.新戲劇。

　　在以往中國現代文學史編纂史研究中，還沒有注意到這部著述。因為它完成於上世紀四〇年代中期，大體是中國現代文學史的完整歷史，是一部非常有意義的著述。我們從它的目錄中可以看出，文寶峰敘述中國現代文學史的眼光很關注新文學和中國傳統文學的關係，特別是對轉型時期翻譯作品對新文學的影響有重要論述。本書對開拓中國現代文學史研究視野很有幫助，同時也促使學界用新眼光打量中國現代文學編纂史。由於文寶峰對周氏兄弟的新文學史地位評價很高，本書對魯迅研究、周作人研究的啟示意義也是顯而易見的。雖然作者有明顯的宗教背景，但他在評價新文學史的時候，還是保持了非常獨特的眼光。文寶峰在序言中，特別表達了對常風先生的感激之情，認為是常風先生幫助他完成了這部著作，文寶峰說，在集中營修改此書的漫長歲月裡，常風先生審看了他的稿子並給他帶來必要的資訊和原始資料。

　　閱讀目錄是一件比較枯燥的事，但總目一類書的好處是能給人一個整體印象，能讓人在短時間內對研究對象有一個完整概念，另外總目的好處是沒有偏見，凡從事過某一門類的工作，都有平等的記錄，從目錄的多少上，有時候還可以看出一個作家的文學史地位是如何確定的。比如有的作家書並不多，但名聲很大，有的作家書很多，但地位並不高，這其中總會有一些原因。

　　大型書目的好處是相對完整，但缺點是不能達到十分準確，就是像《四庫提要》這樣的書，歷代都有不斷補正的書出來。書目越大的書，越難做到依據實物來編撰，通常由多人依據圖書館的卡片來編寫，如果卡片不能與原物對照，很難保證不出錯。所以凡依據

實物編撰的書目價值就高，依據圖書館卡片和間接史料編寫的書目出錯的情況很常見。但越是大型的書目，完全依據實物編寫的可能性也就越低，這是我們使用書目時要注意的，不是不相信這些書目，而是要多一點謹慎。一般說來，凡收藏家依據自己收藏所編寫的書目類出版物，可靠性較高。

目錄是工具書，工具書在一般人的觀念中只是用來查考具體目標的，這當然是它的基本功能，但我們專門研究中國現代文學史的人，不能只滿足於把書目一類的書當成純粹工具書來讀，也要認為它是平常的閱讀物，從中不但可以獲得知識和研究線索，有時候還可以獲得學術靈感。比如有些特別陌生的作家作品，如果不看書目，一般很難有感性認識，所以要養成常讀目錄的習慣。

第三節　舊書業與史料收集

對中國現代文學研究來說，除了使用圖書館的材料外，最好能養成逛舊書店的習慣。現在的舊書店，有兩種形式，一是傳統的店鋪，一是網上書店。不是所有的城市都有比較好的舊書店，一般化說來中國好的舊書店，還是集中在文化發達的地區，如北京、上海、廣州這樣的地方，但也有一些小地方，因為特殊的原因，舊書業也有相對規模，比如太原、石家莊等不太知名的城市。

傳統舊書業的興盛，是中國文化傳播和中國學術繁榮的一個標誌，中國老輩學者的學術研究，多有收藏和研究結合的特點，特別是中國傳統的學術，與收藏的關係是分不開的。最有名的例子是羅振玉與甲骨文的研究，還有胡厚宣編輯《甲骨文合集》，舊書業的繁榮都為他們提供了很好的幫助。

　　梁啟超在總結清代學術繁榮時曾這樣說：「琉璃場書賈，漸染風氣，大可人意，每過一肆，可以永日，不啻為京朝士大夫作一公共圖書館，──凌廷堪備於書坊以成學，──學者滋便焉。」[1]

　　中國現在的舊書業，雖然和以往不可同日而語，但有舊書業的存在，總還是學術研究，特別是學術史料的一個重要來源。現在的舊書業，和以往一個最大的不同是舊書業類似於古董鋪了，凡有價值的史料，一般財力的人很難得到。但我們也要懂得，史料不一定是越有經濟價值就越具文獻價值，它們之間的關係最終還是取決於研究者的眼力。先有研究者的眼力，引起學者對相關史料的重視，隨著相關史料學術地位的提升，當與此史料相關的研究成為顯學時，這些史料的經濟價值也就越高。

　　中國現代文學涉及的史料，當然不可與中國傳統學問涉及的史料相比，但因為中國現代文學是以現代印刷為基本特徵的，所以報刊和作品流傳的主要方式，現在還是在舊書業中進行。舊書業不同於圖書館的一個顯著特點是所有的史料，可能都不成系統，但同時又是實物，容易激發研究者的學術靈感。我們要樹立一個觀念，在學術研究中，實物性的史料（直接史料），比文字性的史料（間接史料），更容易讓研究者產生學術靈感。也就是說，依實物性史料做研究多有創新，而依文字史料做研究，易於雷同。我們看鄭振鐸、阿英、唐弢等人收集的史料，時間越久，越顯示出它的價值。逛舊書店，是中國文人和中國學術活動中的一個主要方式。中國現代學術的衰落，如果換個角度觀察，與中國舊書業的衰落有關係，因為沒有繁榮的舊書業，學者的眼界會非常有局限。

---

[1]　朱維錚校注：《梁啟超論清學史二種》，上海，復旦大學出版社，1985 年，第 54 頁。

　　要求每個中國現代文學研究者，都養成從舊書店中收集史料的習慣是不現實的，但懂得舊書業和學術研究的關係卻是必要的。在中國現代文學史料的收集方面，阿英、唐弢、孔另境後，姜德明、胡從經、朱金順、陳子善、龔明德等人多有貢獻，港臺方面的小思、秦賢次、蔡登山等，他們的研究也非常重視原始資料的收集。

　　傳統舊書業受地域限制，在使用方面有較高的成本，因為我們不可能專門去某一地逛舊書店，再說收集史料是一個慢功夫，是可遇不可求的事，不可能成為固定的研究方式。但現代社會，當網路出現後，網上舊書業的出現，在很大程度上彌補了傳統舊書業的不足。一是網上舊書業不受時空的限制，二是有比較發達的撿索系統。三是數量遠非傳統舊書業可比。所以懂得在學術研究開始時，去網上舊書店收集史料和掌握研究資訊，也是現代學者的一個基本素養，特別是在網上舊書店尋找史料中，可以擴展對相關研究專題的視野，因為網路資源的豐富性遠非傳統書店可以相比。

　　網上的舊書店自有它的好處，但也有它的缺點，一是我們看不到原物，只能依據圖片及相關文字說明，來判斷史料的價值，這增加了判斷史料的難度；二是沒有現場感和隨意性，發現史料的趣味較低；三是網上交易是一個間接交易，比傳統舊書業的交易風險可能要大一些。傳統舊書業和網路舊書業各有優長，我們可以根據自己的需要和習慣，在不同的時期做出自己不同的選擇。

第三章　中國現代文學史料的整體觀

第一節　史料的開放性

　　中國現代文學史料，一方面有自己的史料邊界，也就是說，它的史料範圍，不可能無限延展，不然就失去學科特徵。但同時，我們也要樹立一個開放的中國現代文學史料觀。因為中國現代文學活動發生的時期，是一個大時代，這個時代有相當的複雜性，特別是政治活動和文學活動有相當程度的交叉，這個特點決定了中國現代文學史料，不可能單獨存在於文學活動範圍內。比如「新月文人群體」中的重要成員，多數曾為中國著名大學的教授，同時也有許多人參預過當時政府的活動，比如胡適、陳西瀅、葉公超等人曾作過政府官員，這些特點，決定了「新月文人群體」的活動相當開闊，我們在研究中尋找史料的視野，必然也要放寬，除了單純的文學活動外，政治活動對他們的影響也很大，既然是政治活動，在相關的政府檔案中，必然會留存有關於他們活動的記錄，這些記錄可能是超出文學範圍的，但對我們瞭解「新月文人群體」的活動，會有很大幫助，特別是政治活動與他們文學活動的關係中，可能保留重要的歷史資訊。

　　再比如「左聯文人群體」。「左聯」本來就是一個政治團體，只不過是在合法的法律形式下，以文化活動為公開身份。「左聯」成員基本都是中國共產黨員。凡有組織的社會成員，他們的檔案就有可能保存下來，特別是後來「左聯」成員的組織檔案。比如茅盾、

周揚、郭沫若、丁玲等等，除了文學活動外，他們參預過很深的政治活動，所以我們尋找關於他們的史料，眼光就不能光在文學範圍內。就是魯迅這樣的人物，因為他在三〇年代後與左聯發生過重要關係，特別是他去世後，在中國共產黨內獲得了很高的評價和歷史地位，在中國共產黨的許多重要文件和決議以及中國共產黨的重要領導人的史料中，都有許多對他的評價。這些史料不一定存在於有關文學活動的範圍內，中國現代文學史料有邊界，但又具開放性，在史料的獲得方面，不能局限於文學活動。

另外中國現代作家及相關的文學活動中有一個特點，就是他們的知識和專業有相當的豐富性，不要說胡適、魯迅、茅盾這樣的重要作家，就是一般的中國現代文學作家，也不是簡單只有文學一項主要活動。因為作家本身的經歷和專業比較豐富，也就決定了關於中國現代文學史料的開放性，比如魯迅研究中，把中國古典文學中的有些成果吸收進來，對於理解魯迅就有幫助，同樣道理，對於《離騷》、《詩經》研究的瞭解，在理解聞一多的學術和文學創作活動中，就會有啟發。注意道教史研究，在理解許地山文學創作時就會別開生面；對中國地質學史的熟悉，在深刻理解張資平文學創作方面，也可能會別有新解；像沈從文這樣的作家，如果理解了他對中國古物的興趣，特別是對中國古代服飾的興趣，對於瞭解他作品中的特色，尤其是他的敘述和描寫人物外貌方面的特質，就會多一種視角。我們說中國現代文學史料的開放性，就是要意識到，中國現代文學的豐富性不是只有單純的文學活動可以涵蓋的。

中國現代學術史研究中，科學史、文學史和思想史研究有一種融合現象。研究中國現代學術史，如果不能把「科學家集團」與一般的「文人集團」這兩個知識份子群體打通，有些問題就解決不了。但現在學術史研究的現狀是「科學家集團」在科學史領域，而「文人集團」在文學史、思想史領域。雖然有一些交叉，但相對來說融

合不夠，由於學科分立界限過於刻板，所以許多學者在各自的研究領域非常專業，而一旦超出學科範圍，就難以把握。

中國現代學術史研究，應當作為一個整體來看，在這個整體中「科學家集團」對中國現代學術史的貢獻，在很大程度上，可能還要超過「文人集團」。這是因為中國現代學術在起步階段的特殊情況造成的，現代學術的許多方法與科學思維的關係太密切了，中國現代科學思想的引進與現代學術方法是同步進行的。白話文運動，就是一個「科學家」與「文人」爭論的結果。現在看來，「科學家」在這個問題上的觀點，可能比「文人」更有長遠考慮。一般來說「科學家」的主張都相對要穩妥。任鴻雋就說過，他和梅迪生、楊杏佛當時都不完全同意胡適的主張。任鴻雋說：「然白話文言之論戰，由吾等數人開之，則確無疑義。」

這個事實人們耳熟能詳，但其中「科學家」何以反對？它在思想方法上的意義卻較少為人注意。還有對日本的態度，「科學家集團」對時局的認識和「文人集團」的差異也很大；「科學家集團」對民主和專制的理解，對學生運動的評價等，與「文人集團」也不同。四〇年代，「科學家集團」在政治上的選擇，與「文人集團」的選擇也耐人尋味。他們通常是思想與行為有較大反差，像任鴻雋、陳衡哲夫婦、竺可楨、楊仲健他們，與胡適、傅斯年在思想上是一個傾向，但在行為上還是做了不同選擇。其中雖然有個人處境不同導致的差異，但最根本的思想傾向，可能是他們選擇不同道路的原因。

另外，我還可以舉錢鍾書與拉斯基的關係來說明中國現代文學史料的整體觀，也就是說不要只把眼光放在文學史料方向上。

近年來，學術界很注意考察拉斯基（H. J. Laski）與民國知識界的關係，相關研究論文也時有發表，不過完全的新材料還不多見。研究拉斯基與民國知識界的關係，主要是注意到當時拉斯基和哈耶克的思想都已形成，何以民國知識份子重拉斯基而輕哈耶克？

解讀這個問題，可能會加深人們判斷某種理論思潮與時代的關係。一般說來，民國知識份子對拉斯基思想比較推重，是發現了拉斯基思想中的社會主義因素，而哈耶克對集權主義的警惕，特別是對計劃經濟的批判常常為人忽視。但對拉斯基思想保持另外態度的學者，也不是沒有，錢鍾書算是一個。

《圍城》第七章結尾時，有一個細節。趙辛楣因為和汪太太的關係，要趕緊離開三閭大學，他走的時候把一些書留給了方鴻漸。錢鍾書寫到：「湊巧陸子瀟到鴻漸房裡看見一本《家庭大學叢書》（Home University Library）小冊子，是拉斯基（Laski）所作的時髦書《共產主義論》，這原是辛楣丟下來的。陸子瀟的外國文雖然跟重傷風人的鼻子一樣不通，封面上的 Communism 這幾個字是認識的，觸目驚心。他口頭通知李訓導長，李訓導長書面呈報高校長。校長說：『我本來要升他一級，誰知道他思想有問題，下學期只能解聘。這個人倒是可造之才，可惜，可惜！』所以鴻漸連『如夫人』都做不穩，只能『下堂』。他臨走把辛楣的書全送給圖書館，那本小冊子在內。」

凡《圍城》裡提到的書，沒有一本是錢鍾書造的，都是錢鍾書平時熟悉的著作和雜誌，錢鍾書有深刻印象的東西才會在寫作時浮現出來，寫小說不同於做學問，都是信手拈來，不必時時查書。

《圍城》的這個細節雖是信筆寫出，但細讀卻有深意。錢鍾書平時極少專寫政論文字，他不習慣專門寫文章來表達對政治的態度和判斷，但不等於他對這方面的知識和現實沒有看法。趙辛楣在《圍城》中的身份是留美學生，專業是政治學，對當時的政治思潮自然應當熟悉，在他的知識範圍內，民國知識界的思潮應該有所體現。

錢鍾書在藍田國師教書的時候，儲安平也在那裡，他講授英國史和世界政治概論，後來還根據當時的講義出版了一本《英國與印度》。儲安平在英國學習時，最喜歡拉斯基的學說，到了他辦《客觀》

和《觀察》時，在英美政治學思潮中，他也最欣賞拉斯基，他前後辦過兩本週刊，其中對西方政治學者介紹最多的是拉斯基，拉斯基在中國的學生，如吳恩裕、王贛愚等基本都成為儲安平的撰稿人。

　　為解讀《圍城》的這個細節，我在網上查了一下，在「老潘」的博客裡看到這樣一條材料：「胡適對韋蓮司提及「家庭大學叢書」中的一本，聯想到我之前在翻譯以賽亞‧伯林的《卡爾‧馬克思：他的生平與環境》序言時遇到的「Home University Library」如何翻譯的問題，正對此解。胡適提到的 Euripides and his age, By Gilbert Murray（Home university library of modern knowledge），與 Karl Marx: His Life and Environment（Home University Library of Modern Knowledge）正是同一叢書所屬。」

　　現在我把這個材料和《圍城》裡提到拉斯基的情節聯繫了起來。錢鍾書《圍城》中也提到了「家庭大學叢書」，大概這是歐美老牌政治學一類的叢書，希望以後能多留意這方面的情況，不過以常識判斷，錢鍾書既然提到了拉斯基的書，說明他對這套叢書很熟悉，不會唯讀拉斯基這一本，比如伯林這本，應當也是知道的。

　　拉斯基的《共產主義論》，錢鍾書還在清華讀書的時候，黃肇年片斷的譯文就曾在《新月》雜誌發表，當時錢鍾書也是《新月》的作者，應當熟悉拉斯基的情況。拉斯基的《共產主義論》，最早由黃肇年譯出，上海新月書店 1930 年出版，黃肇年在南開大學翻譯此書時，曾得到蕭公權、蔣廷黻的幫助，後來商務再版此書時改名為《共產主義的批評》，收在何炳松、劉秉麟主編的「社會科學小叢書」中，是當時比較流行的一本書。1961 年商務又作為內部讀物重譯了本書，改名為《我所瞭解的共產主義》（齊力譯）。

　　瞭解拉斯基這本書在中國的傳播情況後，我們再來分析《圍城》的這個細節。從錢鍾書的敘述筆調判斷，他對本書可能有自己的看法，多少帶有否定的意味，他說這是一本「時髦書」，以此可以觀

察當時知識界的風氣，陸子瀟拿本書告密，說明當時大學中對「共產主義」的防範。高松年知道此事後的感覺是：「誰知道他思想有問題，下學期只能解聘。」拉斯基的《共產主義論》是一本學術著作，並非宣傳品，但「Communism 這幾個字……觸目驚心」，錢鍾書在小說中描述這個細節，從側面反映他的知識結構和對流行思想的感覺，這對我們研究錢鍾書很有幫助。1935 年，錢鍾書曾寫過一篇讀《馬克思傳》的隨筆，他評價本書：「妙在不是一本拍馬的書，寫他不通世故，善於得罪朋友，孩子氣十足，絕不象我們理想中的大鬍子。又分析他思想包含英法德成份為多，絕無猶太臭味，極為新穎。」[1]從各方面的細節判斷，錢鍾書對馬克思、共產主義這一類思潮和人物有相當認識，至少他對「拍馬的書」很不感興趣。錢鍾書對當時流行思潮保持警惕的習慣，可能影響了他一生的選擇和判斷，以此理解錢鍾書的獨立性格，應當是一個角度。

中國現代文學的時間雖然短暫，但如果把它作為一個整體來觀察，把視野擴展到整個民國時代的方方面面，對於現代文學的研究反而是好事，所以作為中國現代文學史研究來說，建立開放的史料觀念是比較重要的。

第二節　域外史料的搜集

陳寅恪在《王靜安先生遺書序》中，對王國維的學術研究有一個總結，大致有三個方面。「其學術內容及治學方法，殆可舉三目以概括之者。一曰取地下之實物與紙上之遺文互相釋證。凡屬於考

---

[1] 　《錢鍾書集・人生邊上的邊上》，北京：三聯書店，2006 年，第 292 頁。

古學及上古史之作，如《殷卜辭中所見先公先王考》及《鬼方昆夷獫狁考》等是也。二曰取異族之故書與吾國之舊籍互相補正。凡屬於遼金元史事及邊疆地理之作，如《萌古考》及《元朝秘史之主因亦兒堅考》等是也。三曰取外來之觀念與固有之材料互相參證。凡屬於文藝批評及小說戲曲之作，如《紅樓夢評論》及《宋元戲曲考》、《唐宋大曲考》等是也。」[1]。

　　在歷史研究中，陳寅恪總結的王國維的治學方法是非常有名的，這就是人們經常說的「二重證據法」。我們研究中國現代文學，面對的歷史和材料當然與古史有極大不同，但如果我們仔細觀察中國現代文學史料的來源，王國維的學術研究思路還是很能給人啟發。中國現代作家和他們的文學活動（尤其是主要作家）多數涉及域外活動，這些活動包括：1.留學背景；2.與外國作家的交往。3.在文學觀念上受外國作家及文學思潮的影響等等。

　　中國現代文學不是孤立發生的文學，它是世界思想文化潮流的一部分。這個特質決定了中國現代文學史料中肯定存在外國史料這一項內容。比如徐志摩的學位論文就是用英文完成的，還有凌叔華等作家，當年與英國著名的文人集團「布盧姆斯伯里（Blooms-bury）」有相當程度的交往，比如弗吉妮亞‧伍爾芙的外甥朱利安‧貝爾後來的書信中，確實有較多涉及中國現代文學的史料。據趙毅衡在介紹《麗莉‧布瑞斯珂的中國眼睛》（派特麗卡‧勞倫斯著，萬江波等譯，上海書店出版社，2008 年）一書時提到，本書的架構是敘述布盧姆斯伯里派與新月派的人事，寫作，藝術關係。其中說的最多的是三〇年代青年詩人朱利安‧貝爾與新月派小說家凌叔華的情事。書中也說到凌叔華與伍爾夫的文字交往，徐志摩在二〇年代與布盧姆斯伯里派的政治學家狄更生，美學家羅傑‧

---

[1]　陳寅恪：《金明館叢稿二編》，上海：上海古籍出版社，1980 年，第 219 頁。

弗萊，東方學家亞瑟·韋利的交往，以及四○年代蕭乾與布盧姆斯伯里派小說家福斯特的交情，利頓·斯特拉其寫慈禧太后的戲劇，朱利安的母親瓦內莎與弗萊等人的美術與中國藝術的關係等等。[1]因為中國現代文學活動的主要成員，以具有留學背景的為多，他們早年在外國的活動，應當成為中國現代文學史料的一個重要來源，無論是留美、留日還是歐陸以及其他國家，史料的尋找不能放棄這些地方。關於中國早期留學生在西方的學術工作，一個主要線索是查閱他們當時學位論文的情況，這方面比較方便的工具是袁同禮早年編輯的幾本索引，通過這個線索，我們可以追尋中國早期留學生的研究興趣和研究工作的情況。瞭解這方面的研究情況後，可以擴展出相當多有關中國現代文學研究方面的史料線索，下面是袁同禮編輯的索引目錄：

1. 《研究中國的西學書目》（China in Western Literature: A Continuation of Cordier's Bibliotheca Sinica, New Haven: Far Eastern Publications, Yale University, 1958.）

2. 《1905 至 1960 年間中國留美學生博士題名錄及博士論文索引》（A Guide to Doctoral Dissertations by Chinese Students in America, 1905-1960. Washington, 1961.）

3. 《1916 至 1961 年間中國留英與留北愛爾蘭博士題目錄及博士論文索引》（Doctoral Dissertations by Chinese Students in Great Britain and Northern Ireland, 1916-1961. N.P. 1963.）

4. 《1907 至 1962 年間歐洲大陸中國留學生博士題名錄及博士論文索引》（A Guide to Doctoral Dissertations by Chinese Students in Continental Europe, 1907-1962. Washington, 1964.）

---

[1] 《東方早報·書評週刊》，上海，2008 年 8 月 30 日。

第三節　「政治運動」中的史料

中國各個時期政治運動中出現的中國現代文學史料問題，也應當注意。1949 年後，各類政治運動從沒有間斷過，事實上的政治運動結束時期，大概是在 1989 年，以後才不再出現類似以往那樣的政治運動。所以我們所謂的「政治運動」，大體是指 1949 到 1989 這四十年時間內的情況。各個不同時期出現的政治運動，各有其特點，對這些政治運動，因為我們是講史料來源及判斷和收集，所以對政治運動一般不評價，只說它的特點和出現的史料情況。

中國所有的政治運動，基本保留了一個傳統，就是運動中凡被批判的對象，都有較為完整的「批判言論集」、「罪行錄」一類史料保留下來，這些史料在當時都是「供內部批判」的，但當那些政治運動成為歷史後，這些史料有可能脫離當時的政治處境，而成為一種獨立的史料來源。

我在這裡想指出，當時整理和印刷這些材料的目的，主要是出於政治考慮，所以對收集的材料通常不可避免地帶有「欲加之罪，何患無詞」的特點，也就是說，這些史料一般不可能作為正面的材料使用。但這不等於這些「捏造」的材料沒有史料價值。至少這些史料為後來的研究者提供了史料線索，或者提供了一般情況下難以為人所知的屬於私生活領域中的一些背景，這些材料對於開闊研究者的思路和讓研究者意識到更複雜的社會生活，這使得這些本來供「批判使用」的材料，在政治運動成為歷史後，獲得了另外的價值。這些材料的系統性、完整性和收羅材料的專業性，在很大程度上具有保留歷史的作用，雖然這不是編纂者的本來目的，但當一種材料客觀上了承擔了保留材料的作用時，它自然也就獲得了史料地位。

這些史料一般包括相關政策文件和批判材料兩部分，以內部發行為主，但也有一些公開出版的材料。這些材料本身與事實的關係

現在看來並不重要，因為歷史早已把事實還原到了真實的程度，現在我們使用這些材料，所要觀察的是涉及所有成員及與他們文學活動的基本線索，那些批判者所提出的問題和所下的結論，歷史早已做出了回答，但他們使用材料的角度和材料線索，在相關研究中，有可能為研究擴展思考角度。除了這些內部或者公開出版的材料外，還要注意當時的一些內部文件。我舉一個例子說明：

1956 年 1 月 14 至 20 日，中共中央召開了全國知識份子問題會議，周恩來在會上作了著名的《關於知識份子問題的報告》。為參加這次會議，參加者特別是與知識份子有關的部門，都為會議準備了詳細的材料，當時高等教育部在一份關於北京大學的調查報告中，對當時北京大學的知識份子有一個判斷，認為政治上中間的，按他們過去政治態度，也可區分為兩種類型。第一種：解放前脫離政治或深受資產階級民主個人主義影響，對黨有懷疑甚至敵對情緒，解放後，有進步，對黨的政策一般擁護，但對政治不夠關心，對某些具體政策及措施表現不夠積極或不滿，個別的或因個人主義嚴重而對某些措施抵觸較大。這種人為數較多約有七三人。……第二種：解放前反動，與國民黨反動派有過較深的關係，解放後逐漸從對黨疑懼、抗拒轉變到願意進步，願意向黨靠攏。……還有的是脫黨分子或過去曾參加過黨的週邊組織，以後脫離革命，解放後一直對黨不滿。「如中文系王瑤，抗戰前曾參加我黨後因害怕反動派迫害脫了黨，解放後感覺政治上沒有前途，想埋頭業務，一舉成名，三反、思想改造時還閉門寫新文學史。1952 年人民日報召開座談會批判該書，他認為業務也完了，哭了一次。對副教授、十一級的工資待遇很不滿，去年改為九級仍然不滿。教學工作極不負責任，大部分時間用在寫文章賺稿費。還有像傅鷹，有學術地位，工作也還積極負責，但不願參加政治學習和社會工作，輕視馬列主義，否認黨對科學的領導。」

在這份報告中，曾提到當時北京大學還有一部分反動教授，特別提到了錢鍾書。報告說：「反動的：一般是政治歷史複雜並一貫散佈反動言論。如文學研究所錢鍾書在解放前與美國間諜特務李克關係密切，和清華大學所揭發的特務沈學泉關係也密切，曾見過『蔣匪』並為之翻譯《中國之命運》，還在上海美軍俱樂部演講一次。在解放後一貫地散佈反蘇反共和污蔑毛主席的反動言論；1952 年他在毛選英譯委員會時，有人建議他把毛選拿回家去翻譯，他說『這樣骯髒的東西拿回家去，把空氣都搞髒了』污蔑毛選文字不通；中蘇友好同盟條約簽訂時，他說：『共產黨和蘇聯一夥，國民黨和美國一夥，一個樣子沒有區別』。他還說：『糧食統購統銷政策在鄉下餓死好多人，比日本人在時還不如』；當揭發胡風反革命集團第二批材料時，他說；『胡風問題是宗派主義問題，他與周揚有矛盾，最後把胡風搞下去了『等等反動言論。」[1]

由於中國當代歷史有自身的特殊性，比如普遍的告密材料、揭發材料、自毀材料等，在具體的歷史研究中應當如何處理和判斷？確實是一個難題。另外，除了個人的告密材料外，還有國家機關的監視資料應當如何判斷等等，都可能是困惑歷史學家的難題。我個人近年在研究中國現代文學史時，常常要遇到這樣的問題。比如當年有人在上報中央會議的報告中羅列了錢鍾書的幾條罪狀，家屬認為這是子虛烏有，而且材料所陳史實又確實有來歷。我個人在研究中遇到這樣的情況，一般是這樣處理：一是我不以此種史料判斷告密者和被告者的道德與動機，一般不追究政治運動中個人選擇的事非；但我在研究中也不排斥這種史料，因為這些史料，一是可以幫助我們判斷歷史人物真實的時代處境，二是告密材料雖是羅列證

---

[1]　高等教育部：《北京大學典型調查材料》，《關於知識份子問題的會議參考資料》（第二輯），北京：中共中央辦公廳，1956 年內部印刷，第 52 頁。

據，欲加之罪，何患無詞是一般書寫習慣，但當我們離開告密材料的具體目的時，常常會發現告密材料所陳史實，一般並不是毫無根據，它們所提示的歷史線索對於我們深入研究歷史，特別判斷人物關係，還是有非常大的幫助，所以當具體歷史事件可能引起的直接後果終結後，一切材料都成為歷史史料，對研究者來說，它們獲得的是另外的歷史感受，在這個意義上說，歷史史料不問史料本身目的，研究者有自己獨立處理史料的立場和史學規則，在這個範圍內，如何理解複雜的史料，是學術自由的問題，它不受與史料相關親屬和涉及者的限制，這也是學術獨立的題中應有之意。

再比如反右運動。主要發生在國家機關和知識份子較為集中的團體中（如大學、各文化團體），因為反右運動相關歷史檔案的開放程度較低，高層歷史檔案由於涉及政治鬥爭，普通研究者基本沒有接觸機會。一般文化團體中，關於右派的檔案，也很難查閱，因為這些普通人物的檔案較多涉及個人隱私和具體個人恩怨，所以對研究者來說，直接接觸原始檔案的機會很少。所以近年來，完全依靠原始檔案進行的學術研究，還很少見到，而且越是有價值的事件和歷史人物的原始檔案，接觸的可能性就越低。在這種原始檔案基本封閉狀態下，要想深入研究反右運動，一個較為便利的史料來源是盡可能收集當時運動中出現的各種文字材料，比較常見的就是各種「右派言論集」。

反右運動發生的時候，中國社會的基本工業水平還不高，所以此類「右派言論集」，通常包括手寫、油印、鉛印三種類型。作為反右運動的基本史料，在原始檔案不容易接觸的情況下，此類文獻形式大體可以判定為是反右運動史料中的「原料」。

在反右運動中，出現了「大鳴、大放、大字報」這種形式，在這些形式中，原始「大字報」保留下來的可能不是很大，只有通過筆記或者印刷方式才得以保留。因為從「鳴放」到「反右」的時間

很短，而且當時是中共號召並提倡的表達方式，所以就文獻形式而言，反右運動的文獻相對其他中國政治運動中的文獻算是較為豐富的。大約有這樣幾種類型：

1. 從組織形式上說，當時各級機關都建立了整風領導小組，基本是一個工作機關，它屬下的各機關團體的「鳴放」和「反右」情況，通常都會以文件形式上報相應機構，而作為領導機關，這樣的機構通過創辦「整風簡訊、整風快報、學習材料」等內部形式的報刊來指導工作。這種類型的文獻，從理論上說，在相關機構中應當有完整的保留，但從目前關於反右運動研究者所接觸的史料判斷，這種文獻的使用還有較大難度。

2. 從「鳴放」到「反右」期間，國家機關和各文化團體的機關報刊，通常較為集中出過各類形式的「專號、專輯」，特別值得注意的是各專業性較強的團體中，也印刷過相當數量的此類文獻，比如一些自然科學研究機構中的當時出版物，也保留了許多史料。

3. 學生雜誌和校刊的出現，也是反右時較為重要的一個文獻來源。特別是當時全國較為有名的高等院校中，許多系一級單位都辦有臨時性的報紙和雜誌。比如北京大學中文系的《紅樓》特刊，哲學系的《思想戰線》、《浪淘沙》、《論壇》，歷史系的《整風快報》等國家意識形態機關主辦的內部工作期刊，如中宣部的《宣傳通訊》和新華社的《內部參考》，這些期刊因為穩定連續出版，從保存史料的角度觀察，史料價值較高，特別是新華社的《內部參考》，因為依靠各地記者及相關機構以情報方式向中央彙報情況，所以保留了相當豐富的內部材料，特別是當時不能在全國大報及省級報紙公開的材料。《內部參考》中經常有讀者給《人民日報》的投稿被完整排印，作為情況動態向高層彙報。

4. 反右運動後期，從中央到地方印刷過大量各種形式的「右派言論集」，供批判使用，在此類文獻中，除了中國人民大學編輯的《社會主義思想教育參考資料選輯》一類較為成形的文獻外，大量零散的各類「右派言論集」時有出現，但目前還沒有一部此類文獻的完整目錄及索引，北京大學圖書館、國家圖書館也沒有完整收集此類文獻。以上提到的各類文獻中，內部印刷品較為稀見，特別是如《宣傳動態》、《內部參考》一類當時就有發行限制的內部材料，對研究者來說更為寶貴。

1949 年後，在各級機關中，多數都習慣通過文件和內部設定發行級別的報刊來進行資訊傳達和管理，這種基本行政管理方式，直接導致中國歷次政治運動中，都出現大量供內部參考或者批判使用的文獻，這些文獻基本保存了當時政治運動的大體運作模式，作為歷史研究的文獻形式它們所具有的價值是很高的，但研究者在使用此類史料時，應當對此類史料有一些基本判斷和辨別能力。

大量「右派言論集」的形成，主要是當時處於強勢一面的力量編輯完成的，它所收集的所謂「右派言論」的真實性都會有一些問題，斷章取義、張冠李戴，道聽塗說，無限上綱是基本特點。另外「右派言論集」的編纂方式除了「右派言論」外，通常還會有一些批判文章和「右派」過去的歷史。因為「右派言論集」的編纂不會徵求「右派」的同意，所以作為史料使用時，對於書中涉及的事實，需要細加辨別和與真實的歷史事實相印證。「右派言論集」作為文獻的最高價值，在於它所提供的歷史線索和部分矛盾的真實來源，雖然很多時候那些揭發和批判中提到的事實與真實的事實有相當距離，但這些文章中所涉及的事件及對人物個性甚至人格，特別是個人私生活方面的內容，對於瞭解歷史真實和判斷歷史關係還是有

幫助。另外此類文獻中，對於所涉人物的基本經歷特別是當時作為反面材料涉及的歷史問題，多數對完整瞭解歷史事實，具有啟發作用。就出版形式而言，1957 年前後出版的此類文獻分為內部印刷和公開出版兩種，公開出版的多數是知名右派和重大事件的材料，通常較為容易見到，一般圖書館也多有收藏。比較少見和一般圖書館難以完整收藏的是大量無名右派的「言論集」，就史料稀缺性判斷，越是無名右派的材料，越有收藏和保存價值，因為就中國右派的總人數而言，知名右派畢竟是少數。中國現代文學作家中，成為右派作家的比例也相當高，比如丁玲、陳企霞、蕭乾、施蟄存等等，所以注意這個史料方向對深入瞭解中國現代作家的命運很有幫助。

1955 年批判胡風反革命集團的時候，除了出版過大量的以「鎮反、肅反」為主題的政策文件材料外，批判材料也較為系統，下面是幾種這方面的材料：

1. 《堅決徹底粉碎胡風反革命集團》1～2 冊，人民出版社，1955 年。

2. 中國作家協會上海分會編輯《揭露胡風黑幫的罪行》（正編、續編兩冊），新文藝出版社，1955 年。

3. 《胡風文藝思想批判論文彙集》1～6 冊，作家出版社，1955 年。

4. 《全國職工行動起來肅清胡風及一切反革命分子》，工人出版社，1955 年。

5. 孫定國：《掌握馬克思列寧主義的辯證法徹底揭露胡風文藝思想的反動世界觀》，三聯書店，1955 年。

6. 楊獻珍：《共產主義世界觀與主觀唯心主義世界觀的鬥爭——批判胡風小集團的哲學思想》，三聯書店，1955 年。

7. 熊　復：《為堅決肅清胡風反革命集團而鬥爭》，中國青年出版社，1955 年。

8. 《一切愛國青年起來投入肅清暗藏敵人的戰鬥》，中國青年出版社，1955 年。

9. 《揭露胡風反革命集團的醜惡面貌》，湖北人民出版社，1955 年。

10. 《胡風集團反革命作品批判》，作家出版社，1955 年。

與文學界有關的內部出版部分右派言論集：

1. 《堅決保衛社會主義文藝路線》，山西省文聯、太原市文聯，1958 年太原。

2. 《批判吳祖光右派集團——劇協、影聯聯合批判吳祖光右派集團辯論會上的部分發言》，首都藝術界整風辦公室編印，1957 年，北京。

3. 《在中國作家協會黨組擴大會議上丁玲、陳企霞、馮雪峰的檢討》，中國作家協會，1957 年，北京。

4. 山東省文學藝術工作者聯合會編：《山東文藝界反右派鬥爭文集》，山東人民出版社，1959 年，濟南。

5. 《為保衛社會主義文藝路線而鬥爭》（上下冊），新文藝出版社，1957 年，上海。

6. 《青年作者的鑑戒——劉紹棠批判集》，東海文藝出版社，1957 年，杭州。

7. 文藝報編輯部編：《再批判》，作家出版社，1958 年，北京。

8. 《詩刊》（反右派鬥爭特輯），1957 年 7 月號，人民文學出版社，北京。

9. 《文藝報》1957 年 1～38 期，中國作家協會，北京。

10. 《粉碎「廣場」反動小集團》，北京大學浪淘沙社、北京大學校刊編，1957 年，北京。

11. 本社編：《河北文藝界的一場大辯論》，河北人民出版社，1958 年，石家莊。

12. 《鋤草集》，石家莊文聯編印，內部印刷，1958 年，石家莊。

文革時期這樣的史料就更多了，也舉幾種與文學藝術有關的：

1. 《鋤毒草批黑書》，上海，1969 年。

2. 《把顛倒了的歷史顛倒過來——周揚之流顛倒歷史圍攻魯迅對抗毛主席革命路線罪行錄》，北京：北師大中系，1968 年。

3. 《革命大批判文選——批判周揚等「四條漢子」》，天津：天津人民出版社，1971 年。

4. 《革命文藝樣板戲評論集》上下冊，開封，1969 年。

5. 《中國人民不可侮——批判安東尼奧尼的反華影片〈中國〉文輯》，北京：人民文學出版，1974 年。

6. 《蘇修文藝批判集》，上海：上海人民出版社，1975 年。

7. 《批判毒草小說集》，上海：上海人民出版社，1970 年。

8. 《毒草及有嚴重錯誤圖書批判提要（三百五十種）》，北京：北京圖書館，1968 年，。

9. 《文藝簡訊》1～35 期，上海：上海文化局主辦，1967 年。

10. 《全國電影界魔鬼錄》，上海。

11. 《電影戲劇四十年兩條路線鬥爭紀實》，上海：上海紅旗電影製片廠等，1967 年。

12. 《毒草影片批判資料選輯》，曲阜：曲阜師院，1968 年。

文革時期，留下了大量的史料，以傳單、小報、文件和內部印刷資料為主要形式。就內容而言，以揭發和批判為主要特徵，被批判者通常沒有說明和辯解的機會。現在文革研究中，紅衛兵小報的資料工作相對做得不錯，靠了宋永毅他們在海外多年的努力，文革研究的史料基礎開始引起人們的注意。

有了史料後，還有一個對文革史料的判斷問題，這其實更難。特別是當我們面對文革發生的歷史時，想要在複雜的關係中，判斷真相，真是需陳寅恪當年給馮友蘭中國哲學史上冊寫審查報告時所說的「必須備藝術家欣賞古代繪畫雕刻之眼光及精神，然後古人立說之用意與對象，始可以真瞭解。所謂真瞭解者，必神遊冥想，與立說之古人，處於同一境界，而對於其持論所以不得不如是之苦心孤詣，表一種之同情，始能批評其學說之是非得失，而無隔閡膚廓之論。」[1]

---

[1]　《陳寅恪史學論文選集》，上海：上海古籍出版社，1992 年，第 507 頁。

　　我想從豐子愷的一幅漫畫說起。1949 年後，豐子愷留在上海，社會地位並不算低，先後做過上海文聯副主席，上海美協主席等職務。他是多才多藝之人，文學、音樂之外，他的漫畫成為表達思想和情感的一種主要方式。文革時期，上海文藝界多次批評過他的漫畫。其中比較有名的是一幅《炮彈作花瓶，世界永和平》，豐子愷這幅漫畫本來是 1947 年完成的，他在《我的漫畫》一文中曾說過：「有一天到友人家裡，看見案上供著一個炮彈殼，殼內插著紅蓮花，歸來又作了一幅『炮彈作花瓶，世界永和平』」。1951 年，中國人民解放軍建軍三十周年時，豐子愷又把這幅畫重新發表出來。值得注意的是，在原來的畫面上，確實多出了兩個人物。

　　文革時期，上海市文化局出版一個簡報性質的刊物《文藝簡訊》，經常發表批判文章和文革中的各種資訊。豐子愷當時受到了批判，特別是他的畫作，被認為是「黑畫家」。1967 年 8 月 18 日出版的第 29 期上，發表了兩篇批判豐子愷的文章，其中一篇就是批判《炮彈作花瓶，世界永和平》，並同時附上了原畫。這篇文章發表後，很快就有一封讀者來信在第 33 期上刊出，原信如下：

　　《文藝簡訊》編輯部：

　　　《文藝簡訊》第廿九期，刊登了《批判豐子愷的黑畫〈炮彈作花瓶，世界永和平〉》一文。我們看了這幅黑畫，覺得文章對這枝毒草的批判還沒有擊中要害。這幅漫畫不僅僅是「宣揚階級鬥爭熄滅論，宣揚和平主義，而且是在惡毒攻擊偉大的毛主席」，為此我們提出以下幾點商榷意見：

　　一、豐子愷在這幅漫畫中，明目張膽地把偉大領袖毛主席的形象醜化成為一個泥菩薩，這是對我們領袖最惡毒、最不能容忍的污蔑！

二、畫面上另一個形象是史達林同志（去掉長的鬍鬚就可以
　　清楚看出史達林同志的面型和八字鬚的特徵）。豐子愷
　　別有用心地醜化我們偉大領袖，而且把醜化了的毛主席
　　形象緊挨在史達林身後，其目的是污蔑毛主席步史達林
　　的後塵在搞「個人迷信」，豐子愷罪該萬死！

三、《炮彈作花瓶，世界永和平》這個題目是反意，豐子愷
　　想通過畫來污蔑我們搞假和平，攻擊的矛頭也是直接指
　　向毛主席的。

用炮彈作花瓶來污蔑我們偽善，這是集了諷刺、中傷的大
成，反動透頂！以上意見如有不對之處，請指正。

此致
敬禮

解放軍出版社（原中華書局上海編輯所）
徐稷香天　富壽蓀　朱明遠
一九六七年・九・六

　　在豐子愷研究中，面對這則史料，我們應該如何判斷？如果按
上面讀者來信的意見，在當時歷史處境下，無疑要置豐子愷於死
地。但當時間使過去發生的事成為歷史後，這則讀者來信中的意
見，對研究歷史還不能說沒有意義，作為歷史材料，我們在使用時，
可能會剝離它在當時作為告密或者揭發的政治功能，而成為另一種
理解豐子愷的史料。至少它提示我們，對豐子愷的理解可能還有多
種思路。

　　我們現在要解讀的是，在原畫上加出的這兩個人物，豐子愷有
何寓意？雖然我們不可能確定這兩個人物就是毛澤東和史達林，但

作為一種理解思路，從人物造型判斷，理解為是這兩個人物，還不能說沒有一點道理。

今天看來，讀者來信對豐子愷的揭發和批判，除了政治上早已不可取外，但它指出豐子愷在原畫作上加了毛澤東和史達林，並提出的理解意見，在後來研究歷史的人看來，還是一個可成立的事實，至少是一個可以解讀的事實。從人物造型上觀察，很難說豐子愷是有意醜化這兩位人物，在 1951 年那樣的情況下，豐子愷未必有意要醜化他們，因為當時他們聲望正如日中天。我個人傾向於理解為對於當時的世界和平來說，毛澤東和史達林是關鍵人物，或者說世界和平系於他們兩人一身，當然解讀出另外的意義也是可以的。我沒有看到豐子愷的說明文字（可能根本就沒有過說明），但在原來畫面上加上毛澤東和史達林必有寓意卻是事實，不然豐子愷何必浪費筆墨？歷史人物內心的複雜性，常常要在這些小事上體現出來，這是我們理解歷史人物時要特別注意的。

第四節　意識形態機關的內部出版物

1949 年後的中國現代文學研究中，有一個重要的史料來源，就是政治運動中的揭發材料或者本人的檢討，還有相關機構的秘密報告，這些東西共同構成了中國現代文學史料來源中一個特殊的方面。我個人對這種史料的評價，基本按陳寅恪為馮友蘭《中國哲學史》上冊審查報告中的觀點理解：假材料也是真材料，在歷史研究中，假材料的地位也很重要。當時間過去之後，假材料作為定罪的可能和意義雖然失去（這個判斷不包含任何評價），但作為史料來源和判斷歷史人物的史料基礎，假材料的史料地位不容懷疑，所以

這些年來，我特別留意中國政治運動中的相關史料，並不斷提醒研究者注意它的特殊價值。

下面是《內部參考》1955 年第 124 期上的兩則史料。

北京師範大學中文系發現有兩個助教和胡風有過關係

〔北京分社 28 日訊〕北京師範大學中文系在 24 日下午舉行了胡風問題漫談會，會上該系的兩個助教——黎風（1950年在師大畢業，原係黨員，1952 年忠誠老實運動中因歷史問題，交待不清，脫黨）和祝寬（1948 年在師大畢業，原是黨員，麵粉統購統銷時因套購麵粉，被開除黨籍）談出了一個情況。據他們說泥土社的前身是師大中文系青年人組織的泥土文藝社的刊物。該刊在 1937 年 4 月 15 日創刊，共出六期，第六期出刊日期是 1948 年 7 月 20 日。該刊從第四版起就開始變質，稿件大都由上海寄來，作品都是柏山、舒蕪、阿壟等包辦。祝寬、黎風都曾和胡風有信件來往，黎風的發言並說到他在抗美援朝時曾寫過一首詩，他寫信給胡風，胡風回北京後還曾寫信要黎風去看他，但他因為自己的詩寫得不好，「主觀戰鬥精神不夠」，所以沒去看胡風。祝寬談到他在中學時受胡風影響很深，他也曾接到胡風給他的兩封信，但他們的發言談得都很模糊。對此兩人情況，校黨委正在查究中。（丁寶芳）

胡風集團案是二十世紀中國文化中最重要的歷史事件之一，它涉及的方面非常廣闊，個人命運在這樣的歷史事件中如何變化，今天人們並沒有完全解析清楚。黎風和祝寬——這兩個當時北師大中文系的青年助教，就因為這點和胡風的關係改變了自己的命運。這則史料還提醒我們，當年一般群眾運動中出現的情況，

多數曾作為秘密情報上達，這一點恐怕當事者有時候還不清楚，這也就是為什麼今天許多歷史檔案的解密，會在相當大程度上改變歷史的原因之一。

批判《紅樓夢》運動開始時，陳寅恪就非常反感，他的這個態度，當時新華社記者在《內部參考》中曾提到，在中山大學，對關於《紅樓夢》研究問題的討論，抱著不滿和抗拒態度的以老教授居多。其中特別提到了：「歷史系教授陳寅恪說『人人都罵俞平伯，我不同意。過去你們都看過他的文章，並沒有發言，今天你們都做了共產黨的應聲蟲，正所謂『一犬吠影，百犬吠聲』」。[1]陸鍵東指出：「一年後，這句話被校方解釋為『諷刺積極參加運動的那些人是共產黨的應聲蟲』」。[2]可見陳寅恪當時確實說過這樣的話，同年底，陳寅恪還寫《無題》一首，再次對這一事件中許多人的態度表達了他自己的看法。[3]陳寅恪這個態度，不是偶然的，除了他個人和俞家的關係之外，也是他對所處時代的一個基本評價。這個材料今天很容易見到，但我們在使用時，卻需要對當時的具體歷史和每個人的具體處境聯繫考察，不完全迷信此類材料，但也不排斥這些史料透露出的原始資訊，它涉及許多學者在當時具體歷史環境中的言行，有些言行當時可能會引出殺身之禍，此類材料中也常有許多是帶有誣陷性質的，但今天我們面對這些史料，有超越史料本身的視野，我們需要有自己判斷歷史真相的基本修養。

國家意識形態機關主辦的內部工作期刊，如中宣部的《宣傳通訊》和新華社的《內部參考》，這些期刊因為穩定連續出版，從保

---

[1] 潘國維：《中山大學的部分教授對關於「紅樓夢研究」問題的討論抱著抗拒態度》，新華社參考消息組編：《內部參考》第 282 期，北京，1954 年，第 141 頁。

[2] 陸鍵東：《陳寅恪的最後二十年》，北京：三聯書店，1995 年，第 134 頁。

[3] 《陳寅恪詩集》，北京：清華大學出版社，1993 年，第 94 頁。

存史料的角度觀察，史料價值較高，特別是新華社的《內部參考》，因為依靠各地記者及相關機構以情報方式向中央彙報情況，所以保留了相當豐富的內部材料，特別是當時不能在全國大報及省級報紙公開的材料。《內部參考》中經常有讀者給《人民日報》的投稿被完整排印，作為情況動態向高層彙報。另外《文藝報》當時編輯有兩種《內部通訊》，一種是給通訊員的，一種是編輯部內部使用的，其中多有關於中國現代當代文學歷史的內部情況。作為史源，內部資料的史料價值，相對高於公開出版文獻的價值，主要就是因為多數中國文學史上的爭論，有非常複雜的人事糾紛和行政矛盾存在，這些現象構成了一定程度的宗派活動，這些線索往往可以通過「內部資料」獲得史料線索。比如中國現代文學史上著名的「丁陳反黨集團案」的發生，其中涉及眾多中國現代文學史上的知名作家和學者如周揚、丁玲、馮雪峰等，但這個案件發生的初始原因，在一般公開的文學史料中還不容易看明白，這就需要參考當時《文藝報》編輯的兩種內部通訊，關於這方面的具體情況，可參看陳企霞的兒子陳恭懷的《悲愴人生——陳企霞傳》（作家出版社，2008 年），從中我們可以看到《文藝報》內部通訊在中國現代文學研究中的作用。注意使用意識形態機關當時編印的「內部史料」，是中國現代文學研究中史料意識自覺的表現。

第四章　擴展中國現代文學史料的
　　　　先行規則

第一節　作家全集的使用

中國現代文學史上，現在凡重要的作家都出版了全集。我們研究中國現代文學史，使用全集是研究工作的基本前提。如果研究對象已出版了全集，它應當成為研究的基本史料對象。從全集中擴展史料，是中國現代文學史研究的一個基本方法。

全集的編纂有兩種情況，一是以國家力量編纂的全集，最著名的是《魯迅全集》的編纂；二是學術單位，包括家屬及學者個人負責完成的作家全集。現在看來，第一種情況多發生在特殊的歷史時期，所以比較普遍的還是後一種情況。作家的文集，通常是在作家健在時編纂的，一般來說收集作家的作品也相對完善，雖然不是全集，但在研究工作中，應當把作家的文集包括在「全集」的概念中。

從學術質量觀察，中國現代作家的全集當中，《魯迅全集》還是最有質量的。主要表現在收文比較完整，體例比較成熟（主要表現在相關索引的編纂方面），校勘比較仔細等方面。因為《魯迅全集》是動員國家力量完成的，現在很少有其他作家能在編纂的人力和財力方面與此相比。但國家編纂也有它明顯的缺點，就是意識形態的制約，這方面，我們大家最熟悉的是初期《魯迅全集》中的注

釋，意識形態的色彩特別強烈，雖然後來不斷修正，但總體觀察，它的局限性是很突出的。

學術單位和學者個人編纂的作家全集，好處是不受明顯意識形態制約，但缺點是在編纂的技術和體例方面，多有缺陷，特別是不能有體例完備的相關索引。比如《胡適全集》的索引體例和校勘水平，是完全不能和《魯迅全集》相比的。它甚至沒有把胡適的所有文章都收進來，還是受意識形態的影響。

一個較為合理的全集編纂原則是：一般說來，凡編纂全集的作家，通常是已故的作家。全集的編纂目的，一是保存作家的創作成果，一是方便研究者使用這些成果，所以完備是基本前提，全集要努力做到盡可能全，除非特殊情況，不能因意識形態的原因，把已知的文獻放在全集的外面。

全集是歷史文獻，歷史文獻不應當受意識形態的制約。有時候，編纂全集的研究者，因為作家在以往歷史中發表的著作與當下的意識形態不合，就不予收集，而以存目的形式保存。比如《儲安平文集》中少收了許多文章，而這些文章並不是編者不知或者文章不易得到，而是因出版制度的原因，作為一種技術手段雖然可以理解，但這是不合編纂全集原則的。全集為歷史文獻的觀念是編纂全集的基本原則，不能違背，全集是作家所有作品的總匯。

全集的來源涉及幾個方面：1.作家的未刊手稿、往來書信、日記等；2.已出版的著作各類單行本；3.著作初刊時的報刊。

在這三個方面，未刊手稿及書信日記一類比較簡單，全部收入是基本原則。著作單行本與初期發表報刊的關係就較為複雜。如果著作有一個以上的版本，情況就更複雜了。一般說來，初期發表的報刊與初版本之間的變化，多數由著作者本人負責，報刊的發表情況雖然對研究者有參考作用，但一般應當以作者認可的初版本為收入全集的基本原則，版本的變化情況，在注釋和相關的校勘記中說明即可。

　　中國現代文學史中雖也有版本的問題，但相對說來，比中國的古籍要簡單。因為中國現代文學的載體是現代印刷，現代印刷的特點一是存量相對較大，二是中國現代文學產生時中國已有了現代意義上的圖書館事業，所以除了專門研究中國現代文學版本問題的專家外，一般研究者對於中國現代文學史中的版本問題，具備一般常識即可，除非版本存在情況有明顯特殊變革歷史，比如老舍《駱駝祥子》1954年後出版的刪節本以及曹禺劇本在 1949 年後的多次修改情況等，明顯涉及時代變革和作家的思想與創作情況，可以專門研究。

　　一般說來，凡 1949 年後，刪除和修改過的中國現代文學作品，都應當以此前的初版本為準。即使作家本人對初版有認同方面的意見，也不能作為判斷標準，因為早期初版本是一個存在的歷史，凡修改後得到作家本人認同的版本，要視為特殊情況。

　　研究中國現代作家，從作家全集擴展史料是一個方便的辦法，因為全集涉及作家創作的完整情況，以初期發表作品的原始報刊及著作初版本為基本線索擴展史料，有利於瞭解作家創作的真實情況。不過如果要專門研究一個有全集的作家，光使用全集是不夠的，要盡可能尋找發表作品的原始報刊和著作的初版本，因為凡重新編纂的歷史文獻，總難免有出錯的時候。

　　全集有編纂和使用兩種情況，編纂全集偏重技術，我們不多涉及，但使用全集關乎研究工作的完整性，必須給予特別注意。凡有全集的作家，應當成為我們研究的第一步工作，有全集一定要細讀。編纂全集要注意一個現象，現在有許多作家的全集，把作家本人在特殊歷史時期完成的部分著述排斥在全集之外，比如檢討、自我貶低的自傳性文字、批判文章、揭發信、政治運動中的發言等。因為這些史料可能在一定程度上影響全集主人的形象，編纂者或者家屬出於維護全集主人形象考慮，為尊者諱。這些行為雖然可以理解，但對嚴肅的歷史研究工作多有傷害。我個人認為，凡出自全集

主人之手的所有文獻，都應當視為全集主人的著述。另外譯文集在作家創作中佔有重要地位，但譯文不屬於作家原創，一般應當以譯文集另外編纂，或者在全集中特別說明，如對巴金、魯迅等作家翻譯作品的處理。一般說來，全集中不應當收入譯文。

第二節　作家傳記的使用

中國現代文學史上，凡重要的作家，通常都有不止一本以上的完整傳記，包括作家本人敘述自己經歷的回憶錄及同類文字。作家傳記使用的原則是：

1. 自傳尤先，他傳靠後。自傳雖然也常有不準確的時候，但自傳作為初始材料的史料地位不應當動搖，因為作家自傳是我們瞭解作家生平及創作的原始起點，要給予特別重視。族譜、碑傳一類史料的源頭一般也離不開作家的自傳。不是說自傳完全可靠，而是強調自傳的原初史料線索。對作家自傳的基本使用原則是：1949 年前的自傳材料尤先，此後的自傳材料為後，因為此前較少意識形態的制約，此後的政治運動有說假話的習慣。用梁啟超《中國歷史研究法補編》中的說法，同時人做的傳記尤先，異時人做的傳記靠後。

2. 第一本傳記尤先，此後的傳記靠後。為什麼要強調第一本傳記的史料地位呢？因為除了有史料首發權問題外，第一本傳記通常接觸的史料來源有初始性，特別是史料的線索有原創性，以後的傳記是一個不斷擴展和豐富史料的過程。在中國現代文學史的作家傳記中，第一本傳記都很短，越寫越長是此類傳記發展的基本特點，有史料擴展的原因，但也有把簡

單史料放大的原因。在使用作家傳記的時候，要把握一個原則，關注第一本傳記，留意最後一本傳記。用第一本和最後一本對比，大體可以瞭解史料擴展的脈絡。當然這不是說最先和最後中間的所有傳記都沒有價值，而是從史料來源的角度判斷作家傳記的完成過程，一般說來，傳記的難易程度是遞減的，第一本最難。

3. 作家評傳的問題。偏重敘述生平經歷的，叫傳記；偏重研究的叫評傳，但兩者的界線有時候並不明顯。一般說來，先有傳記，後有評傳，傳記是評傳的基礎，評傳是傳記的研究擴展。傳記重敘述，評傳重研究。作家傳記是研究者獲得史料的初始基礎，也就是說，我們從傳記中獲得的主要是史料線索，還不是史料，從傳記線索中擴展史料是我們使用傳記的目的，而傳記本身並不能成為我們史料的基本來源，就是作家的自傳也不能成為史料來源的依靠，在研究中國現代文學史時，作家傳記屬於「有意」的史料，或者說是次料，是第二手材料，此點要有清晰認識。

　　對傳記真實性的判斷，瞿兌之上世紀四〇年代為《一士類稿》所寫序言中有一個看法，我們應當瞭解。他說：「自來成功者之記載，必流於文飾，而失敗者之記載，又每至於淹沒無傳。凡一種勢力之失敗，其文獻必為勝利者所摧毀壓抑。」[1]這個看法和陳寅恪早年處理史料的一個卓見相同。陳寅恪在《順宗實錄與續玄怪錄》一開始就指出：「通論吾國史料，大抵私家纂述易流於誣妄，而官修之書，其病又在多所諱飾，考史事之本末者，苟能於官書及私著等量齊觀，

---

[1]　榮孟源、章伯鋒主編：《近代稗海》第 2 輯，成都：四川人民出版社，1985 年，第 9 頁。

詳辨而慎取之，則庶幾得其真相，而無誣諱之失矣。」[1]陳
寅恪的的意思是在歷史研究中，我們判斷史料要官書和私著
並重，互相參證。

4. 如果同樣的作家傳記，有西方人完成的，一般要給予特別注
意。因為西文方人的觀察角度相對獨特。文學性的傳記，在
中國現代文學史研究中一般不能使用，凡沒有明確說明史料
來源的傳記，一般都是文學傳記。或者要把此類傳記作為特
殊形式處理，因為虛構和想像影響了史料的真實性。

第三節　作家年譜的使用

　　年譜是中國傳統史學的一種常見形式。梁啟超《中國歷史研究
法補編》一書中，有專講年譜歷史和年譜編纂方法的章節。據梁啟
超講，年譜這種著述方式在中國出現的很遲。最早的年譜是宋元豐
七年呂大防作的《韓文年譜》、《杜詩年譜》。南宋以後作年譜的很
多，到了明清兩朝，年譜就很普及了，在史學界佔有重要位置。年
譜的出現，是希望把譜主的生平和所處的時代聯繫起來，成為瞭解
譜主一生事業的一個便捷著述形式。年譜在中國史學中的發展，也
經歷了一個由簡單到複雜，由個別到全面的過程。

　　梁啟超把年譜的種類分為四種：1.自傳的或他傳的。譜主自己
寫或者他人幫助完成的。《康有為自訂年譜》。2.創作的或改作的。
同時人作的年譜是創作，異時人做的年譜，如果從前沒有人做過，
也是創作。在舊有年譜基礎上改做一部，就是改年的年譜。3.附見

---

[1]　《陳寅恪史學論文選集》，上海：上海古籍出版社，1992 年，第 391 頁。

的或獨立的。附在譜主文集後面的年譜是附見的，單獨成立一部書稿就是獨立的。4.平敘的或考訂的。譜主生平較為單純確切，只把譜主生平簡單敘述出來的年譜叫平敘的年譜，譜主生平事功複雜且有較大爭議，需要辨析考證的是考訂式年譜。

年譜的體例雖然沒有一個完全統一的格式，但大體由五方面內容構成：1.譜前。把譜主出生前與譜主一生事業相關的家族世系和時代大事簡單敘述清楚。2.譜主的主要事業。3.譜主與各種人物的交往。4.對譜主事蹟真實性的辨析和考訂及判斷。5.譜後。譜主去世後社會發生的與譜主一生功業相關的大事。

年譜的做法主要有兩種：1.簡單平敘體。按譜主事功一年一年敘述下去。2.嚴格的綱目體。也就是每敘述譜主的一件事功時，先標明題目，在題目下再敘述詳細內容。

做年譜的好處：梁啟超概括為幾點，可以訓練瞭解一個人事蹟的完整性，特別是搜集相關史料的系統性。讓人學會簡潔敘述歷史的方法，同時能辨析一些歷史事實。最終養成史料先行的習慣。年譜和傳記不同，年譜重史學訓練，傳記則是史學和文章做法的結合。年譜分年，上年和下年不必連串，年譜分段，上段和下段不必連串。只要簡潔通順即可。年譜是訓練學術的基礎。一般來說，複雜的叫年譜，簡單的叫年表，年譜由年表而來。突出敘述人物事蹟的叫年譜，突出敘述某一單純主題的叫年表。如「魯迅著述年表」等。傳記是越早越好，但年譜是越後越完善。梁啟超關於年譜的一些論述，主要對象是針對古代歷史人物年譜編纂而言的，雖然在具體方法上與後來的年譜編纂技術不完全相同，但基本的規則變化不大。

自訂年譜，一般來說可以算是第一手材料，它是自傳的一種形式，事實上在自傳和日記之間，性質接近於回憶錄。陳恭祿在《中國近代史資料概述》中認為「我們閱讀年譜，比讀傳記收穫為多，它可補充傳記的不足。自訂年譜是當事人按年月追敘他平生的遭

遇、家庭生活、師友往來、政治社會環境和學術思想。」[1]自訂年譜比較有名的如《章太炎先生自訂年譜》、《吳宓自編年譜》等。

在中國現代文學研究中，作家自訂年譜還不常見，常見的是他人編纂的年譜，這當然就是第二手材料了。但因為年譜的形式不要求編纂者隨意發揮自己的主觀見解，歷來還是受到研究者的高度重視，對研究作家生平、對寫傳記、評傳一類的著作還是非常有幫助的。中國現代文學史上，較早出版的作家年譜不是很多，如許壽裳編《魯迅先生年譜》（魯迅先生紀念委員會，1937 年）陳從周編《徐志摩年譜》（1949 年自印本）季鎮淮編《朱自清年譜》開明書店，1957 年）等。

年譜長編是年譜中的特殊形式，主要指把譜主相關的史料盡可能收羅齊全的一種年譜形式。比如胡頌平編《胡適之先生年譜長編初稿》（臺灣聯經出版公司，1984 年）。丁文江、趙豐田編《梁啟超年譜長編》（上海人民出版社，1983 年）等。

來新夏的《近三百年人物年譜知見錄》（上海人民出版社，1983年）、王德毅編的《中國歷代名人年譜總目》（增訂版，新文豐出版股份有限公司，1999 年，臺北），其中有相當部分涉及到了中國現代作家年譜的編纂情況，是很方便使用的參考書。

第四節　作家日記的使用

日記是一種記錄私人生活的文本，它的特點一是私密性，一是連續性。在保存文獻方面，日記有它特定的價值。因為日記一般不

---

[1]　《中國近代史料概述》，北京：中華書局，1982 年，第 221 頁。

是為研究專錄，所以它的文獻價值通常具有第一手材料性質。一般來說，日記的公開是在日記主人故世以後，它的價值是以完整和連續為基本特徵的。

日記主人生前出版的日記價值，低於死後出版的日記價值。整理排印的日記價值，低於原版影印的日記。如果同時有兩種版本的日記，互讀為原則。比如《胡適的日記》（手稿本，臺灣遠流出版公司）、《魯迅日記》（手稿本，上海出版公司）、《周作人日記》（手稿本，大象出版社）、《錢玄同日記》（手稿本，福建教育出版社）等。有刪節的日記價值，低於未刪節的。片斷的日記價值，低於完整的日記。文學性的日記，一般不能作為文獻使用。文學性的日記不是日記，只是一種文學體裁。如丁玲的《沙菲女士的日記》和秦瘦鵑的《劫收日記》等。

日記的基本來源：凡有全集的作家學者，要注意從全集中尋找其日記。因為許多作家和學者的日記，並不以單行本行世，有時候會難以尋找。有單本獨立名稱行世的日記，如夏承燾《天風閣學詞日記》，《吳宓日記》（正編、續編共二十冊，三聯書店）。

片斷的日記價值，低於完整的日記，使用日記，以完整為基本原則。楊靜遠有一本《讓廬日記》（武漢大學出版社，2003 年 11 月）記錄 1941 年到 1945 年，恰好是她完整的大學生活記錄，是瞭解那個時代的青年知識份子的第一手材料。楊靜遠當時的鄰居和老師均為一時之選，所以這本書記的價值是很高的。可惜只是一個選本，據說完整的日記有五、六十萬字。對日記，我以為還是要完整出版。最好不要刪節，因為誰也說不準哪些材料對誰有用，可以印證什麼事實。有時候越是小事，反而越有意義。早些年山西出版一個晚清秀才劉大鵬的日記就做了節選，最後想用這本日記的人，還得設法再去圖書館查。還有竺可楨日記，兩家出版社先後出版了五大冊經過刪節的日記，對研究者來說還是不夠，最後還得出版一個完整的。

　　日記是屬於文獻類的歷史材料，主要閱讀對象是研究者，所以刪節最要不得。為了避諱做一些手腳也沒有必要。像宋雲彬日記，作了刪節，研究者也看得出來。

　　《讓廬日記》，涉及當時武漢大學許多教授的生活和思想，如朱光潛、周鯁生等自由知識份子，還有當時的教學和學生的讀書情況（特別是閱讀西方文學作品，書中詳細記載了她當時讀勞倫斯《兒子與情人》的感受）。再比如張愛玲研究中有一個不大不小的問題，就是當年她參加《西風》徵文得獎的情況。她本人的回憶，研究者如水晶、趙岡對這件事的看法各不相同。這件事最後還是陳子善看到了原始的《西風》雜誌，經過考辨最後才還原了真相。楊靜遠比張愛玲小兩歲，當時她也是一個文學愛好者，常常給雜誌投稿。她在 1942 年 8 月 5、6 日的日記中記載了當時閱讀《西風》雜誌的感受，並記下了當時徵文獲獎的情況。雖然有個別筆誤，但大體是準確的。這個材料恰好可以對陳子善的張愛玲研究做一個旁證。當時楊靜遠也參加了比賽，可惜落榜了。她在日記中說：「看煥葆借給我的《西風》徵文集。這種文章完全是仿美派的，內容空洞，但文字輕鬆，看起來很舒服，可供解悶。但也不見得寫得十分好，我相信我那篇落第的苦命小說比他們中間的任何一篇不差。」（第 79 頁）對張愛玲的獲獎作品《天才夢（我的天才夢）》，楊靜遠的評價是「材料都很好，卻不動人。」這些材料對研究當時文壇的風氣都很有幫助。

　　學人日記在學術史研究中的價值，是人們可以從日記中看出他們的學術取向。這種學術取向最直接地表現在日記作者對學者的評價上。我們看魯迅日記、胡適日記、顧頡剛日記、浦江清日記、譚其驤日記、竺可楨日記、朱自清日記、張元濟日記，看夏承燾《天風閣學詞日記》、金毓黻《靜晤室日記》、《鄧之誠日記》、《吳宓日記》、《積微翁回憶錄》等等，都會有這樣的感受。研究中國現代學術史，

學人日記是最重要的第一手材料，因為日記是私人化的文本，能較真實地反映作者對於學者的看法。顧頡剛和吳宓的日記，由於時間跨度大，相當完整，所以不僅是我們瞭解具體歷史事件和歷史人物需要查閱的書，更是需要平時經常閱讀的書，因為它能讓讀者回到歷史現場，慢慢建立起對他們所生活時代的感性認識。因為研究中國現代文學史，有必要培養對那個時代的整體認識和基本判斷，而這些歷史感受，從一般的教科書和理論著作中是很難得到的。

學人日記的價值，在一定程度上取決於學者在學術界的地位和他們的交往，同代學人對於同代學人的評價相對較為客觀，而這些評價是可以作為學者定位參考的。比如今天人們對於錢鍾書的評價，要是與夏承燾他們那一輩人的評價比起來，就有很大不同，哪種評價更接近真實情況，至少可以讓研究者多一個觀察的維度，學人日記的重要性還在於他的所有評價多是感性認識，是直覺，有細節的評價比較純粹的理性認識，有時更能看出一個學者的價值。

中國老輩學者，多數都有記日記的習慣，這也是中國現代學術史上的特點，學人日記的價值要遠甚於傳記，也遠甚於學人自己的回憶錄，這是沒有問題的。學人日記有兩種，一是流水帳式的，一是詳細記事的。比較起來，這後一種更有價值。宋雲彬日記《紅塵冷眼——一個文化名人筆下的中國三十年》，就是屬於記事的，價值很高。

對學者的評價，日記很有私人資訊。有時候學術史上很推崇的一些大學者，在學人的日記裡就別有材料。不是說日記裡的就對，而是說，日記裡對學者的說法，更有趣。比如宋雲彬日記，他提到許地山的名著《道教史》就說「夜讀許地山編之《道教史》上冊，無甚創見。」

還有對郭湛波關於中國思想史的書，他的評價是「讀郭湛波之《近三十年中國思想史》，內容貧乏，敘述失次，當時僅翻目錄，以為此書可作寫《章太炎評傳》參考之用，現在失望矣。」

還有說范文瀾的。1949 年 7 月宋雲彬日記裡說「范文瀾主編之《中國通史簡編》，經葉蠖生重加刪改，權作高中本國史課本，交余作最後之校閱。范著敘述無次序，文字亦『彆扭』，再加刪節，愈不成話……范氏頗讀古書，不致有此誤會，可知此書實未經范氏細心校閱也。」

還有對郭沫若的批評。1950 年 3 月 27 日：「19 日《光明日報》副刊《學術》第二期載郭××一文，述安陽發掘發現殷代先王墓，以奴隸殉葬，有『入周以後，此風稍戢』之語。郭沫若讀之大怒，撰一文駁之，結論則謂郭××不懂馬列主義云云。《光明日報》不將郭沫若文轉與《學術》編者，而 20 日該報特闢專欄刊載之。余今日致函《學術》編者葉丁易君，謂『論理，《光明日報》應將郭沫若文轉與閣下，編入《學術》，今竟特闢專欄刊載之，大抵見了『郭沫若』三個字，不敢怠慢，覺得非『特載』一下不可也。郭沫若先生火氣亦太大，郭××僅僅說了『入周以後，此風稍戢』，就被戴上一頂『不懂馬列主義』的大帽子。學術討論，須平心靜氣，此種學術專制作風實在要不得也。」宋雲彬還批評了侯外廬，說；「陶大鏞送來《新建設》第二期，內載所謂『學術論文』，有侯外廬之《魏晉玄學的社會意義——黨性》一文，從題目到文章全部不通，真所謂不知所云。然亦浪得大名，儼然學者，真令人氣破肚皮矣。」可惜這本日記裡有些地方是動過手腳的。

日記是較專業的出版物，我以為不但沒有必要刪改，而最好是出版影印本。像胡適的日記，王世杰的日記，臺灣出的就是影印本。胡適日記是有許多剪報的，這在排印本來就是一個難題，還有英文方面的材料，排印本很難處理好。至於刪除就更沒有必要了。看日

記的以研究者為多，你就是再刪除，他們也能看出來。學人日記的系統出版，有可能改變中國現代學術史上的許多問題。有些是學術問題，有些可能還是更重要的政治問題。學人日記，可以說是中國知識份子表達他們對社會人生和學術的一個重要方式。其他國家的情況我不清楚，但日記在中國現代學術史上確有它獨特的價值，許多問題可以從學人的日記中得到解決。比如錢鍾書的為人和他的個性，後來人回憶很難說清楚。就是他的朋友和家人，出於各自的情況，也有說不清楚的地方，而這些方面，日記的價值就顯示出來了，夏承燾《天風閣學詞日記》就可以解決一些問題。

　　《天風閣學詞日記》中記了大量學者之間的交往，夏承燾同時代知名的學者，差不多都出現在他的日記中，他對學者的評價比較客觀，研究中國現代學術史，這恐怕是一本重要的參考書。《天風閣學詞日記》中許多對錢鍾書的看法。日記裡有一處說「錢鍾書謂黃晦聞有顧詩箋講義，似亦有韻字代諱之說。」聯繫《石語》裡，陳衍對黃晦聞的評價是「才薄如紙」。這很能見出老輩文人的性格。夏承燾看見錢鍾書的《寫在人生的邊上》，日記裡說「純是聰明人口吻。往年在上海見其人數面，記性極強，好為議論，與冒考魯並稱二俊。」說到《談藝錄》，認為「博覽強記，殊堪愛佩。但疑其書乃積卡片而成，取證稠疊，無優遊不迫之致。近人著書每多此病。」「其逞博處不可愛，其持平處甚動人。」

　　把夏承燾日記中的錢鍾書和朱自清日記中的錢鍾書相比，再參照《吳宓日記》中對錢鍾書的看法，對錢鍾書性格的理解就容易把握了。《吳宓日記》1934 年 4 月 6 日說「晚雨僧約飯，有張素癡、中書君、張季康。中書君言必有本，不免掉書袋，然氣度自佳。」三〇年代錢先生和郭紹虞有過論爭。當時郭很不高興。日記裡有「郭紹虞來訪，給我看一篇他回答錢鍾書批評的短文，頗感情用事。我為之刪去一些有傷感情的詞句。有一點值得注意，錢在選擇批評的

例子時是抱有成見的，這些例子或多或少曲解了作者的本意。」夏承燾對錢鍾書的小說《貓》很有看法，認為：「此文過於玩世不恭。然楊絳的《懷舊》甚佳。」

傳記的價值雖然也很重要，特別是在系統性方面，日記沒法和傳記相比。我們不必用日記的價值來否定傳記和回憶錄，最好是三者合理使用，不絕對迷信任何一種。回憶錄一般說來是靠不住的，這樣說，不是完全要否定傳記和回憶錄的價值。而是說，這些東西因為人的局限性，可能會與真實的歷史有較大距離。當然日記在一些時候，可能也有這樣的問題，但相對說來要弱一點，可信度高一點。同樣的事，我們寧信日記不信回憶錄。回憶錄不完全可信，是因為人的記憶容易出問題，更何況還有先入為主的判斷在其中。研究歷史，回憶錄至多只可做為一般的材料來使用，在沒有其他旁證的情況下，是不能當真的。在這一點上，我還是堅持過去的一個看法，傳記不如年譜，年譜不如日記，日記又不如第一手的檔案。

中國現代文學研究，同時代學者和作家的日記恐怕是首選材料，現代學人日記一個最明顯的特點就是數量多，時間跨度大，比如《胡適的日記》、《魯迅日記》、《周作人日記》、《吳虞日記》、《積微翁回憶錄》、《靜晤室日記》、《顧頡剛日記》、《竺可楨日記》、《張元濟日記》、《鄭孝胥日記》、《翁同龢日記》、《藝風老人日記》、《湘綺樓日記》、《吳宓日記》、《譚其驤日記》、《錢玄同日記》、《許壽裳日記》等等，這些日記對於現代學術史的研究，特別是對學者學術史地位的評價，有著非常重要的意義。

在檔案不能按時解密的情況下，日記的意義太重要了。所以我們應該有一個自覺的日記意識。以後不論研究到什麼問題，只要涉及到有關人物和事件，都要想到看看這一時期相關學人和其他人物的日記，這應當成為現在研究者的一個基本素養，所謂自覺意識，還包括能在研究中把不同人物日記加以比較的能力。一個是時代的

比較，一個是相關人物的比較。如果要瞭解上世紀四〇年代中國自由主義知識份子的思想狀況，光看胡適他們的日記還不行，還要看與他們有來往的那些人物的日記，比如《陳光甫日記》、《王世杰日記》等。

　　學人日記有時候不光可以解決學術問題，對有些政治事件，他們的日記也有幫助，像顧頡剛日記和鄧之誠日記，大體就能瞭解中國知識份子在思想改造運動中的心態。除了學人的日記外，政治家的日記也非常有價值，像《楊尚昆日記》對於瞭解「十七年文學」中政治與文學的關係就很有幫助。《楊尚昆日記》雖然日記只是 1949 到 1965 年期間，期中又缺了反右時期的，就是這樣，它對當代中國許多重要歷史事件多有涉及，雖然稍微簡單一些，但細讀還是可以看出很多歷史內容的。關於高饒事件、胡風集團、合作化運動和民盟主要領導的關係，這本日記裡都有一些可以解讀的歷史線索。

第五節　作家書信的使用

　　中國現代文學發生的時代，書信還是社會交往的基本形式，文人學者更不例外。這樣的社會條件，使書信成為瞭解那個時代真實生活的主要文獻類型。我們研究中國現代文學，強調對書信本身的關注。作為史料，凡從書信中來的，一般價值較高，因為書信是私人交往史料，易於保存真情實況。後人敘述歷史，依據書信和日記一類史料，相對使用公開出版的研究性著述，更有可信度。

　　許多作家的書信本身就是優美的散文，這方面可以參考劉衍文、艾以主編的一本《現代作家書信集珍》（漢語大辭典出版社，

1999 年，上海）。雖然本書不是以史料的角度關注書信，而是以文章的角度評價書信的文學價值，但因為收入的書信相當豐富，可以作為瞭解書信的一個方面，孔另境上世紀三〇年代編輯的《現代作家書簡》也非常重要。

我們講作為史料的書信，關鍵還是要從中發現對我們選擇研究主題有用的史料。作家書信，除了專門編輯的書信集外，主要保存方向是作家的全集中，全集收有書信是全集編纂的慣例，而全集中的書信相對比較完整，至少在全集編纂時要盡可能收全。比如《魯迅全集》中的書信部分，是魯迅研究中最重要的一個內容，許多歷史事件和文學活動的基本情況以及人物交往，我們要從書信中獲得線索。全集之外的書信，也時有所見，不過越是重要的作家，能見到的可能性越低，在全集之外的作家書信，如果有新發現，一般都可以作為佚文補充，發現這些佚文的前提是我們必須對原來全集中的書信熟悉。越是重要的作家，我們對他們的書信保存情況越要熟悉，這本身不僅是一種知識儲備，還是一種研究眼光，這方面要保持敏感，才能在平時閱讀中時有發現。

在中國現代文學史研究中，我們對《魯迅書信集》、《胡適書信集》等重要作家的書信情況，要保持敏感，經常翻閱，及時發現問題。

閱讀書信集的時候，要建立和日記對讀的習慣。如果作家同時有完整的日記，要養成使用書信的時候先查日記，這樣更能保持對書信傳達歷史資訊的準確性。書信是私人文件，一般是在作家去世後才公開，涉及方面可能非常複雜，特別是人物間的交往情況，書信中可能更容易保存真實歷史狀態，特別是越瑣碎的事情中，越能透露某些公開史料中不易見到的史料。

如果作家有來往書信，最好能完整閱讀，這樣更便於瞭解完整歷史。這方面比較好的例子是三大冊《胡適來往書信選》、張樹年

編的《張元濟蔡元培來往書信集》、秦啟明編的《弘一大師李叔同書信集》還有《陳垣來往書信選》，都是比較有研究價值的書信集。楊樹達《積微翁友朋書札》，雖是學者的通信，但也非常重要。還有《胡適檔案及秘藏書信》中的來往書信，都是我們研究中國現代文學史時需要及時參考的。這方面的例子極多，我就不多舉了。

　　《兩地書》是最有名的作家書信集，它在魯迅研究中的重要地位人所共知，《傅雷家書》更是廣為人知，其他如巴金和蕭珊的通訊集《家書》、沈從文的《從文家書》、徐志摩的《愛眉小札》、羅念生編的《朱湘書信集》等，都保留了非常重要的史料，特別是研究人物交往和判斷相互關係時，書信的重要性常常是其他史料所不及的。

　　近年出版的李玉茹主編的《沒有說完的話》（山東友誼出版社，1998 年，濟南）是關於曹禺晚年生活的重要史料；葉至善等人主編的《暮年上娛》（花山文藝出版社，2002 年，石家莊）是葉聖陶和俞平伯的通信集；葉小沫等編輯的《幹校家書》（人民出版社，2007 年，北京）是葉聖陶和葉至善的通信集，這些都是我們研究中國現代文學史時必不可少的史料方向。

第五章　擴展中國現代文學史料的基本方向

第一節　文學年鑑的使用

對於中國現代文學研究來說，如果能確定明確的史料方向，我們的研究相對就比較容易展開。但任何一門學科的史料，都不可能有確切具體的史料方向，或者說，史料方向只能有一個大概的情況，不可能窮盡所有的方向。史料的存在是客觀事實，但存在的史料，只有在某種觀念和某種眼光的打量下才能成為研究史料，沒有被應用的史料，只能說是前史料，它只存在，但在沒有進入研究者視野時它只是單純的史料存在，所以在確定史料方向時，先要具備研究的意識和眼光。雖然史料的完整方向我們不可能確定，但對研究者來說，總有一個擴展史料的大概方向，不然研究工作就很難進行。我們在前面講過的那許多方法，其實都帶有擴展史料的意識，不過沒有明確說明史料的選擇方向罷了。在擴展中國現代文學史料的方向上，意識到年鑑的作用價值是很重要的。

中國的年鑑已有六百多年的歷史，《宋史·藝文志》中，就有「年鑑」一卷，可惜已經失傳。年鑑，是專指以全面、系統、準確記述上年度事物運動、發展狀況為主要內容的資料工具書。年鑑的主要作用是向人們提供一年內全面、真實、系統的事實資料，便於瞭解事物現狀和研究發展趨勢。年鑑主要是由編纂單位根據選題計

劃組織眾多作者撰寫的，少量內容來源於當年的政府公報、其他重要文獻和統計部門提供的資料。在選材上，它要求系統全面、客觀正確以及濃縮精煉。在編纂結構上，要求佈局合理，基本框架穩定，其常設的欄目有：文獻（包括文件和法規）、概況、文選和文摘、大事記、論爭集要、統計資料、人物志、機構簡介、附錄等。

年鑑大體可分為綜合性年鑑性和專業性年鑑兩大類，前者如百科年鑑、統計年鑑等；後者如經濟年鑑、歷史年鑑、文藝年鑑、出版年鑑等。1949 年前，中國曾陸續出版過一些綜合性年鑑如《中國年鑑》、《世界年鑑》、《申報年鑑》等。地方性年鑑如：《上海市年鑑》、《臺灣年鑑》。專業性年鑑如《中國經濟年鑑》、《中國電影年鑑》等。

我們研究中國現代文學史，除了從直接的文學書籍中發現文學史料外，還要注意從與文學沒有直接關係的書籍中發現史料，史料發現的趣味與史料存在的書籍恰好相反，也就是說，發現史料的書籍與史料所在的領域越遠越好。在文學書籍中發現文學的史料就不如在非文學書籍中的發現有意思。中國現代文學史中的史料，可以說無處不在，這一方面加大了發現史料的範圍，但也給我們確定史料的方向增加了難度。所以我們留意 1949 年前編輯的各類年鑑有幾方面的考慮：一是年鑑屬於工具書，比較容易得到。二是年鑑中容易發現史料線索，三是年鑑中發現的史料一般較少有人使用，我們使用了，會提升研究的趣味和價值。除了使用綜合性的年鑑外，我們更要注意使用專業性的年鑑，比如：楊晉豪編《中國文藝年鑑》（1934 年）、楊晉豪編《中國文藝年鑑》（1935 年）、楊晉豪編《中國文藝年鑑》（1936 年）（由北新書局出版）、佚名編《中國文藝年鑑》（1932 年）、佚名編《中國文藝年鑑》（1933 年）（現代書局出版）等。

第二節　文學辭典的使用

　　中國現代文學和中國現代作家的文學史地位是如何確立的？這其實是一個很值得我們思考的問題。在中國現代文學史及其作家的文學地位形成過程中，我們注意一個事實，就是當時新文學辭典的編纂工作。趙家璧當年在良友出版《中國新文學大系》，這個工作對於中國現代文學影響極大，還有阿英等人的史料工作，也是幫助確立中國現代文學地位的重要貢獻。一門學科的形成，有一個累積的過程，許多人為此付出了努力。在這個過程中，還有一個工作以往沒有太為人重視，這就是中國現代文學史研究中關於「新文學辭典」的編纂工作。

　　我們前面提到《中國現代小說戲劇一千五百種》，這可以看成是一本中國現代文學成熟期出現的「新文學辭典」。和這本辭典同時出版的還有《文藝月旦》甲集、乙集。這兩本由天主教徒編纂的中國現代文學辭典，因為出現在中國現代文學的成熟期，所以帶有一定的總結性，它對作家作品的認識和評價，雖然有西方宗教人士的眼光，但對於許多作家文學史地位的確立卻起了很重要的作用。夏志清的《中國小說史》，對確立沈從文的文學史地位起過重要作用。但夏志清何以會對沈從文這樣看重？我以為《中國現代小說戲劇一千五百種》這本辭典，對夏志清認識沈從文有決定作用，此點夏志清自己在《中國現代小說史》前言中，專門提到過此書對他的幫助。夏志清對沈從文的認識和評價，除了當時中國對沈從文不公正的評價外，很可能受到了他在美國哥倫比亞大學東亞系教書的王際真的影響。沈從文早年通過徐志摩和王際真相識，後來成了好朋友，沈從文書信集中收有他們的通信，這是沈從文研究中一個需要注意的線索，它對深刻瞭解沈從文文學史地位的確定是有幫助的。在這個過程中，一本辭典起了關鍵作用。我留意過與中國現代文學

史相關的幾本辭典，但不一定全面，希望以後能展開關於這方面的相關研究，比如孫良工編纂的《中國新文學辭典》、胡仲持主編《文藝辭典》（華華書店發行，中華民國三十五年出版。）顧鳳城主編《新文藝辭典》（光華書局出版，1931 年出版。）、顧鳳城編《中外文學家辭典》（樂華圖書公司印行，1932 年出版。）我們現在還不清楚已出版過的中國現代文學史辭典的總數有多少，趙景深《文壇憶舊》中有一篇專門講中國現代文學研究書目的文章，他也只提到了顧鳳城的辭典，我想大概此類辭典的總數不會太多。但這種辭典對我們觀察中國現代作家文學史地位的確立，確實是一個好的角度，因為那時辭典的編纂者，多數屬於個人，沒有特定的背景，他們對作家地位的判斷，相對客觀一些。再就是因為此類辭典多屬於當時編纂，在史料的準確性方面也相對可靠，比如善秉仁編纂的《中國現代小說戲劇一千五百種》，據孔另境的女兒孔海珠後來回憶，當時編纂這本辭典的原始材料是作家本人提供的，這也是一般當世編纂辭典的基本辦法。

第三節　同學、職員錄的使用

「同學錄」、「大學年刊」、「大學職員錄」及「大學一覽」等史料，一般說來都屬於實用和紀念性的文史材料。所謂實用是指這些材料編纂的目的本身不是為研究，而是為了招生、為了職員工作方便等具體目的而編纂的；所謂紀念是指大學生年級畢業時編纂的以紀念為目的「級刊、年刊」類材料。這些史料，多數是臨時或者不定期編纂的，通常不是正式出版社出版的材料，相對來說具有稀見性。就史料本身來說，它屬於校史材料的範圍。我們為什麼要注意

使用這些較為稀見的史料呢？因為中國現代文學的發生與中國現代大學的建立有密切關係，中國現代文學的主要活動是依賴大學而存在的，中國現代作家以大學教授和學生為基本來源，這個特點決定了上述相關史料中，大量保存了與中國現代文學活動有關的史料，這個史料方向以往為人注意的不是很夠。在這種史料的第一類史料「同學、職員錄」中，比較容易、準確看出中國現代作家生平中的一些經歷，特別是年齡、學歷、著述、籍貫以及交往一類的情況，隨著時間的流逝，這些早年看起來很隨意的史料，會成為研究中國現代作家生平的重要參考史料，類似於中國科舉制度研究中的「同年碑錄、同年齒錄、登科錄」一類，對於統計和分析中國現代作家的地域分佈、創作高峰、婚姻狀況等，都有幫助，另外這些史料也容易激發中國現代文學研究與其他社會科學研究的溝通，比如中國現代作家與清華大學的關係，這一類研究題目，使用上述史料最有說服力。

　　另外一種紀念性的學生年刊，其中除了具有學生生平方面的史料外，一般還有他們早期的創作史料、學科設置的情況、教授間的關係等等。此類史料的系統使用，將能開闊中國現代文學研究的視野並且拓寬中國現代文學研究的領域。胡適當年給房兆楹輯錄的四種《清末民初洋學學生題名錄初輯》（中央研究院近代史研究所史料叢刊，1962 年）寫敘時曾說：「我的朋友房兆楹和他的夫人杜聯喆女士都是終身研究近代中國史的學人，他們隨時隨地留心搜集史料，整理史料，不僅是為他們自己研究之用，往往還給無數學人添置了做學問的工具。他們合作的《增校清朝進士題名碑錄，附引得》（哈佛燕京學社，1941 年 6 月出版）就是他們嘉惠全國學人的一部最有用的工具書。今年房先生從美洲來到臺北，他帶來的一些文件之中、有四種學生名錄，他題作《清末民初洋學學生題名錄初輯》，想在臺北影印流通。他自己寫了一篇短序、指出這一類『洋

學」學生名錄應該與科舉時代的登科錄、鄉會試同年錄等書有同樣的史料作用。我很贊成房先生的看法，所以我願意從幾種名錄裡指出三五個例子來說明這種資料的歷史價值。」

早期吳宓參預編纂的《遊美同學錄》（1917 年印刷），收入當時已回國服務的留美學生名單和個人簡介，是研究早期中國作家和文學教育時非常有用的史料，特別是本書介紹學生情況時，基本已使用了白話文方式，這在早期同學錄、職員錄中是有特點的。還有一本 1946 年由當時留日同學總會編纂的《中華民國留日學生名單》（1946 年油印本），也保留了早期留學生的許多情況，特別是當時就讀學校的名錄和專業，它分列的較為詳細、條理。

《清末民初洋學學生題名錄初輯》包括：《日本留學中國學生題名錄》（1903 年），《京師大學堂同學錄》（1906 年），《京師大學舊班師範畢業生題名錄》（1907 年），《清華學校同學錄》（1917 年），四種。

陳初輯錄的《京師譯學館校友錄》（文海出版社，1978 年），其中附有 1918 年國立北京大學職員履歷表，涉及五四前後中國現代作家的情況相當豐富，其中收入、年齡、學歷等方面的內容，對於研究這一時期作家的真實情況很有幫助。

蘇雲峰編撰的《清華大學師生名錄資料彙編》（中研院近代史所史料叢刊，2004 年，臺北），在研究清華出身的中國現代作家生平時，是一本非常方便的參考書。

還有像《燕京大學研究院同學會會刊》、《燕京大學一覽》等一類的史料，其中有關於這個研究機構的章程和人員組成情況，多數涉及中國現代文學研究中的人員關係。通訊錄的好處是比較準確，因為是當時編輯，差錯相對較小。通訊錄一般不可能有太詳細的介紹，但那時的文人學者多有字號大小別名，照例都會列出，供職單

位和家庭住址也是辭典一類工具書很難列出的。通訊錄中的籍貫較少出錯，因為通訊錄的編著通常是以自己所填表格為原始來源的。

　　另外像《平津國立院校教職員聯合會會員錄》一類的史料，對瞭解平津大學教授的經濟情況也很有幫助。此類史料的數量應該說是比較大的，需要強調的是使用此類史料的時候，要盡量使用原刊的，後來各大學新編校史中以此為原始材料編纂的相關史料雖然使用方便，但因為是節錄形式多不完整，所以最好還是使用原刊的此類史料為好，比如《震旦大學員生名冊》（民國二十七年秋季）、羅家倫《中央大學之最近四年》（民國二十五年）、《私立東吳大學文理學院規程一鑒》（中華民國二十八年春季）、《北京大學教職員名錄》（中華民國三十六年）、《國立北京大學三十六年度教職員錄》（卅七年五月）、《國立北京大學研究所國學門概略》（1927 年）、《燕京大學生一覽》（民國二十五年）、《大廈大學一覽》（1933 年）、《全國文化機關一覽》（民國二十三年）《國立北洋大學校友錄》（1946 年，臺北）、國立四川大學職員錄》（1933 年，成都）、《北平中國大學職員錄》等。

　　除了這些流傳不廣的同學錄、職員錄外，早期出版的大型人物辭典自然也是需要注意的史料來源，特別是在研究中國現代文學史上的重要作家時，要有意識盡可能使用早期出版的人物辭典。比如戚再玉編的《上海時人志》（民國三十六年，展望出版社），上海密勒氏評論報編輯的 WHO's Who in China《中國名人錄》（Biographies of Chinese，上海密勒氏評論報發行，1925 年）。因田一龜《新中國分省人物志》（上海良友圖書印刷公司，1930 年）、賈逸君編《中華民國名人傳》（北平文化學社，1937 年）。臺灣中國現代文學研究專家秦賢次早年收藏中就非常重視此類文獻的搜集，他利用這些文獻做出的研究，糾正了很多中國現代文學研究中習以為常的問題，特別是作家學校教育中存在的問題。他有一本《現代文壇繽紛錄》（秀威資訊科技股份有限公司，2008 年，臺北），其中敘述錢

鍾書早年在清華的學習經過，完全依賴臺灣的相關檔案和清華大學的教職員錄完成，相當可靠。

第四節　方志中的中國現代文學史料

　　研究中國現代文學，為什麼要專門提出來談一談地方誌中的文學史料問題呢？我想有兩個方面的考慮，一是我們研究中國現代作家，特別是早期作家的生平時，常常要注意到他們的家族和地域。一般說來，以往瞭解作家這些方面的情況，主要是依靠作家自己的簡歷和自傳，因為作家寫這些東西的時候，往往較為隨意，所以準確度不是很高。二是區域文化的特色是如何影響作家創作的，尤其是作家創作時區域文化中一些獨特的文化如何決定了他們的風格。瞭解這些方面的情況，一個比較便捷的方法，就是使用方志。

　　從方志中獲取史料，是研究歷史的一個基本方法。特別是清代以來，隨著「方志學」的成熟，研究明清歷史的人幾乎沒有不從方志中找史料的。但對研究中國現代文學的人來說，因為這門學科的歷史很短，而且明清以前的方志中很少有直接與我們研究對象有關的史料，所以在這門學科中，從方志中找史料，還不普遍。

　　方志這種系統記載一個區域內完整歷史的方法，可能是中國文化的一個獨創，方志這種保存歷史的方式，是很高明的。史念海曾說過，地方誌的編纂啟始於兩漢，盛行於唐宋，到明清達到高峰。現在全國地方誌的數量約有 8200 多種，其中清代就有 5600 種，約占百分之七十。初期的方志，本來主要是記敘地方上的地理和物產的，這基本是唐以前人們對方志的認識。元明後，方志的形式有新變化，不僅寫物，更注意人事，就是記載地方上的歷史和人物傳記。

如果要給方志一個簡單概念，它主要是指以地方行政單位為基本範圍，綜合記載地理、歷史的書籍。方志的形式有多種，簡單說，「一統志」是分省記錄全國的自然與社會情況，這是元代的說法，明清沿用這個說法。方志是指一個地方的志書，「一統志」是指全國各地方的志書，相當於「總志」。「通志」是省一級的地方誌。以下就是按各級行政單位的志書，一般稱為某志，如府志、州志等，最常見的就是我們說的縣誌。在中國傳統社會中，縣級以上單位的志書，多為官修，稱為「某志」。有少數私人修的，不能稱為志，所以還有一些其他的名稱，如「識小錄」、「備乘」、「小識」「志略」、「聞見錄」「鄉土志」等。方志一般由五個部分組成：1.圖：地圖、衙署圖、名勝圖。2.記：大事記。3.表：建置沿革、職官、科舉等表。4.志：營建、食貨、學校等志。5.傳：本地及與本地有關的人物傳記。另外很多方志中還收有文獻目錄、詩文和逸事，稱為「藝文志、雜記」。

對我們研究中國現代文學的人來說，清以前的方志可能很少有直接作用，但民國以來修成的新方志中可能還是會有一些相關的史料。民國以來新修的方志，據統計現存約有 1500 種。還有就是上世紀八〇年代以來新編纂的方志約有 2000 種，這些靠後出現的方志中，一般會把與中國現代文學研究的基本對象包括其中。

方志的使用，是比較專門的知識，對研究中國現代文學史的人來說，先要有方志意識，特別是在寫作家傳記和分析作家創作中的區域文化影響時，一定要有意識從方志中找史料，特別是方志中的人物傳和藝文志，要多加留意。方志中出現的史料，因為編纂常由本地提供基本材料，參考價值還是較高的，瞭解歷史人物的規則是越靠近地方的史料，真實程度越高，史源也越豐富。使用方志，要先找相關的方志目錄、索引，這方面比較著名的是朱士嘉上世紀三〇年代中期編的《中國地方誌綜錄》，此書五〇年代還增補過。1985

年，中華書局出版了由中國科學院北京天文臺主編的《中國地方誌聯合目錄》，是方志使用方面最重要的工具書。金思輝主編《中國地方誌總目提要》（漢美圖書有限公司，1996 年，美國）、全國地方誌資料工作協作組編寫的《中國新方志目錄》（書目文獻出版社，1993 年，北京）等，都是後出的大部頭方志總目類工具書。還有一本《中國新方志 5000 種書目提要（上海通志館藏）》（上海辭書出版社出版）。該書收錄上海通志館截止 2004 年 6 月 30 日所徵集收藏的二十世紀八〇年代以來大規模新修的全國省（自治區、直轄市）、地（市）、縣（區）三級志書。通過提要，勾勒出著錄志書的基本輪廓，展現出該書的基本框架。每個條目 200 餘字，由詞目和釋文兩部分組成。詞目包括志書的全稱或分志名全稱，卷次，有助於讀者瞭解新方志概貌及學術研究。新修方志雖然在質量上可能會有一些問題，特別是對原始材料的選擇可能不一定完全作過辨偽工作，但注意這個史料方向對中國現代文學研究史料的豐富是有好處的，比如楊義對凌叔華的研究中，就較多使用了方志中的材料來判斷凌叔華的家世。

第五節　政協文史資料中的
中國現代文學史料

中國現代文學史研究，不能只注意文學方面的史料，所以在擴展史料時，也要留意其他方面的史料方向。中國大陸有一種較為特殊的史料來源，就是通常說的「政協文史資料」，說它特殊，主要指它的出現有特定的歷史條件。1959 年 4 月，當時的全國政協主席是周恩來。在一次招待 60 歲以上全國政協委員的茶話會上，周

恩來指出，戊戌以來是中國社會變動較大的時期，對這一段特殊時期，周恩來給政協提出了一項重要的任務，徵集文史資料。

　　因為編輯文史資料工作，本來就是政協獨具特色的一項工作，它不同於黨史、國史和地方史，而是通過統一戰線和政協的渠道，徵集和出版「親歷、親見、親聞」的史料，提供別人不太重視或不大瞭解的許多內容，起到拾遺補缺的作用。前人修史常因種種顧慮，所以常常有意無意地隱匿一些瑣碎，但卻是十分重要的情節，而僅僅記錄了概要大略。政協文史資料工作是在周恩來倡導下開展起來的。周恩來提出，有關這個時期的歷史資料，要從各個方面各個角度完整地記載下來。希望過了 60 歲的委員都能把自己的知識和經驗留下來，作為對國家、社會的貢獻。在這樣的歷史條件下，從全國政協開始到各地政協，都辦起了一本名為「政協文史資料選輯」的不定期出版物，這就是我們說的「政協文史資料」。

　　據有關資料介紹，當時文史資料的主要撰寫者，是各地的政協委員，那時的政協委員，大多是中國各界名流、社會賢達，他們當中既有軍政界的名人，也有經濟、文化、宗教等各方面的知名人士。很多人在中國不同時期的政治、歷史舞臺上扮演過重要角色，一些人更是一些重要歷史事件的參與者、親歷者和見證人。他們以當事人、親歷者的身份而寫作的回憶文章，可以匡正傳統正史的缺失和謬誤，還原歷史的真實面貌。據統計，各地政協自從開展文史資料工作以來，都取得了豐碩的成果。各級政協文史工作部門徵集了 40 多億字文史資料，編輯出版了 20 多億字的文史資料選輯和專題史料圖書，內容包括政治、軍事、經濟、科學、文化、教育、民族、宗教華僑、社會等方面。在全國政協編撰的史料中，有三個系列最引人注目：

　　一是《文史資料選輯》。全國政協編輯出版的《文史資料選輯》已達 150 輯，總字數超過 2800 萬。

二是全國政協文史資料委員會和地方政協文史部門合作，編輯出版了 20 卷本 3000 萬字的《中華文史資料文庫》。政協文史資料工作不但在中國獲得了空前的成功，甚至在外國也有重要影響。美國哈佛大學燕京學社和歐洲的著名大學的中國問題研究所中，文史資料是研究中國問題的重要資料。

當年唐德剛評價在臺灣辦《傳記文學》雜誌的劉紹唐時，曾說劉是「以一人敵一國」，他所謂的「一國」就是指的政協文史資料。他的意思是說中國大陸編輯的「政協文史資料」就相當於臺灣的《傳記文學》，這個評價大體是恰當的。臺灣出版的《傳記文學》，也是研究中國現代文學要注意的一個史料來源，特別是它後來編輯的《中華民國人物小傳》和一些相關的人物傳記，是我們瞭解那個時代比較有用的史料來源。

一般來說，縣級以上的政協都編輯出版有文史資料，行政級別越靠上越完善。省級以上的政協文史資料都比較成系統具規模，但縣級的文史資料，因為靠近地方，有些情況為外人所不知，我們在研究時也要給予注意，在使用資料方面，我們還是掌握一個原則，靠近研究對象越近的史料，一般說來越豐富也比較可靠。全國各地文史資料的總量相當龐大，但對研究者來說，有使用文史資料的意識，然後注意相關的索引，就不難在浩如煙海的文史資料中，擴展出對研究有價值的史料。李永璞編《全國各級政協文史資料名錄》（中國文史出版社，1991 年，北京）、李永璞編《全國各級政協文史資料篇目索引》（中國文史出版社，1992 年）、復旦大學歷史系資料室編《五十二種文史資料篇目分類索引》（復旦大學出版社，1982 年）、《文史資料選輯合訂本》（全 46 卷，附總目錄）（中國文史出版社，2004 年）對我們使用政協文史資料有很大的便利。特別是李永璞編的《全國各級政協文史資料篇目索引》，對於縣級以下的政協文史資料有較為完整的收錄，可以成為查找相關史料的一

個指南。政協文史資料的內容，涉及相當廣泛，其中與中國現代文學研究相關的史料，只是較少的一部分，但我們不能因為它較少涉及就放棄這個史料來源，特別在作家、文學社團以及人物傳記方面，這個史料來源是非常重要的。

第六節　拍賣圖錄中的中國現代文學史料

近二十年來，隨著文物和藝術品進入市場，各類拍賣公司也不斷出現。拍賣公司在拍賣工作進行前，為了讓更多買家提前瞭解將要拍賣的物品情況，通常的作法是製作拍賣圖錄。一般都是印刷精美的畫冊，是以圖為主，加注說明文字後，印刷、裝訂成冊的沒有刊號的書。拍賣圖錄並不簡單地等同於正式出版的精美圖冊，而是具有藝術性、知識性和資料性的參考書。

我們為什麼要注意拍賣圖錄？因為拍賣圖錄中有史料線索。近年來，拍賣圖錄中不斷出現中國現代作家的書信、日記以及其他相關史料。我們注意拍賣圖錄，不是一定要得到這些史料，而是獲得有關史料的資訊，從而為以後擴展史料打下基礎。拍賣圖錄裡的中國現代作家史料，一般都是以文物形態出現的，在史料的定性方面，只要不是假的，它就屬於第一手史料，而且是在相關研究中不曾為人使用過的史料，所以及時瞭解拍賣圖錄中的史料動向，是我們研究中國現代文學史需要建立的一個意識，近年來拍賣圖錄中出現較多的是中國現代作家的書信和著作初版簽名本，也有相關的檔案史料。對於重要的中國現代作家的書信，拍賣圖錄中一般會影印原作並說明其來源，這樣的資訊對我們分析作家的交往和寫作情況，都有幫助。拍賣圖錄作為史料來源，我們比較在意的是史料資

訊，並不是說凡做研究一定要從拍賣圖錄中獲得史料，這只是一個在理想意義上獲得史料的渠道，如果在研究中能建立這個意識，平常留心收集，常常會有新發現。我舉兩個例子：

2008 年 11 月 9 日，中國書店大眾收藏書刊資料拍賣會圖錄中出現一份 1970 年 6 月 4 日華東師範大學革命委員會、華東師範大學中文系革命委員會發出的《關於施蟄存問題定案處理的決定》，決定說：

> 中文系工宣隊、軍宣隊、革委會：
>
> 你們 1970 年 5 月 21 日報來的關於施蟄存的定案處理，現批覆如下：施蟄存在 1961 年摘掉右派帽子後又與反革命分子徐澄宇、右派分子唐祖倫、幫改分子周松林等經常混在一起，散佈攻擊偉大領袖毛主席、攻擊我黨和社會主義制度的反動言論，罪行嚴重。在無產階級文化大革命中，經過廣大革命群眾的多次批判，尚能認罪服罪，有所改悔，根據黨的「打擊面要小，教育面要寬」的政策，經研究同意你們的意見：不重新給施蟄存戴上右派分子帽子。

通知上有當時負責人的簽名。這個材料在施蟄存研究中的意義是顯而易見的，但在一般的成型文獻中，我們不可能看到，只有在拍賣圖錄中才能發現。

2008 年 12 月 13 日，北京泰和嘉成拍賣公司秋季藝術品拍賣，古籍文獻專場圖錄中，第一次出現了巴金《隨想錄·新記》的手稿，同時還出現了汪曾祺《蘆蕩火種》劇本的手稿。這些資訊構成的史料方向，對於我們研究中國現代文學史都有很重要的意義。

2008 年 6 月 22 日，上海博古齋拍賣有限公司還主辦過一場《新文學專場》的拍賣活動，其中出現了大量與中國現代文學作品版本有關的資訊，對研究中國現代文學史極具啟發意義。從 1989 年後，

中國恢復藝術品拍賣專場後，至今已有近二十年的歷史，這期間所有發生過的拍賣活動中，多有關於中國現代作家和作品的相關資訊。如果我們在史料研究中，能把這些資訊編纂成《近二十年中國拍賣圖錄中有關中國現代文學的史料索引》，無疑是一冊有用的工具書。

　　不管何種類型的史料來源，都是我們研究中國現代文學史時需要建立的史料意識，不一定都能做到，但一定要先想到。

第七節　「影像」裡的中國現代文學史料

　　中國現代文學發生的時期，雖然影像的基本手段已經出現（如攝影、電影、錄音等），但使用並不普遍，特別是電影、錄音等手段，在中國現代文學史料中的地位並不突出，原因是：在事實上我們很少能得到此類史料。所以我們觀察中國現代文學發生期間的影像史料主要有這樣幾個方向，一是照片，二是畫報，三是繪畫，四是文學作品的插圖。

　　影像史料在中國現代文學研究中的重要性是不言而喻的。照片屬於實物，一般不容易得到。照片有兩類情況，一是單獨的作家個人照片，一是作家朋友間的合照，還有就是作家群體間的集體照片。這三類照片對於瞭解和分析作家的生平與創作都有幫助，特別是後兩類照片，更可以觀察作家的交往和比較重要的社會活動。在中國現代文學史上，越是重要的作家，存世的照片越多，比如魯迅、胡適這一類的作家，而一些不知名的作家的照片卻很難見到，所以對與中國現代作家活動有關的照片，我們要特別留意。

　　一般說來，凡有全集出版的中國現代作家，它的照片來源主要依賴全集，或者說作家全集中的照片基本就是作家完整的影像史料，在全集之外發現作家照片，都是重要的文學史料。不過作為實物性的中國現代作家的影像史料，在尋找方面是比較有難度的。在中國現代文學史上，作家重要的影像史料來源有兩個渠道，一是畫報，一是報刊。就獲得史料的難易程度而言，從報刊上獲得作家影像史料的可能性更低，尤其是報紙，因為報紙的存量太大，查閱難度更高，以當時的印刷水平觀察，報紙中的影像史料也相對較差。所以中國現代文學史料中影像史料的來源，以當時出版的畫報最為豐富，比如《北洋畫報》、《良友畫報》等等。

　　據有關資料介紹，《北洋畫報》創刊於 1926 年 7 月，至抗戰爆發後停刊，出刊 1587 期，內容為時事新聞、社會時尚、重大事件、重要人物等，以照片為主，豐富多彩，尤以刊載了大量的社會生活、眾生百態的照片而引人入勝。據資料記載，各類照片達兩萬餘幅，其中金石書畫、考古等圖片約六千餘幅。它具有信息量大、涉及面廣的特點，成為二十世紀二、三〇年代最具影響力的報刊之一，對研究現代社會發展史具有重要的參考價值。《良友》畫報 1926 年 2 月創刊。1945 年 10 月，《良友》停刊，二十年間，以八開本刊行，共出 172 期。《良友》共載彩圖四百餘幅，照片達三萬兩千餘幅，近現代中國社會的發展變遷、世界局勢的動盪不安、中國軍政學商各界之風雲人物、社會風貌、文化藝術、戲劇電影、古跡名勝等等無不詳盡記錄，可稱為百科式大畫報，上世紀八〇年代上海書店曾合訂二十六冊影印出版。《良友畫報》中有大量關於魯迅、胡適、老舍、巴金、豐子愷、鄭伯奇、郁達夫、洪深等中國現代作家的影像史料。

　　馬國亮的回憶錄《良友憶舊——一家畫報與一個時代》（三聯書店，2002 年）出版，可以參閱。還有楊揚等人編輯《良友》選

本問世，分別是《良友散文》、《良友隨筆》、《良友小說》、《良友人物》（上海社會科學出版社，2002 年）。另外，當時出版的《一四七畫報》、《三六九畫報》等畫報中，也時有與中國現代文學研究的相關史料。其他如當時畫家為中國現代作家所繪的畫像、速寫以及為文學作品配的插圖經及相關的畫冊等，也要加以留意。《良友》畫報後來大陸和香港都重印過，特別是香港良友圖書有限公司2008 年重印的合訂本共 29 冊，其中所有圖片、文章和廣告資訊都配有功能齊全的資料庫檢索系統，使用非常方便。

第八節　　「校史」裡的中國現代文學史料

　　中國現代文學的發生與中國現代教育制度有很密切的關係，所以我們在尋找與中國現代文學研究史料相關的史源時，要注意當時的「校史」資料。關於校史，我想有兩方面要注意，一是中學，一是大學。大學的校史資料相對容易得到，也最為重要，中學的校史資料較為難得，但也要注意收集。在中國現代文學研究中，主體作家以受過完整學校教育的人為主，特別是大學教育和校園文化中的史料，對這些作家和文學活動一般都發生重要影響。

　　1949 年前的中國中學裡，校園文化的主要方式除了演劇活動外，主要方式是中學生的校刊和畢業紀念冊，後者我在前面講過，這裡主要說一下中學生的校刊。前幾年，專門研究張愛玲的專家都把目光盯在了當年張愛玲上過的一個教會中學聖瑪利亞中學，這個中學有一本英文校刊《鳳藻》，張愛玲早年曾在上面發表過多篇文章，另外曹禺、穆旦等作家在南開中學讀書時，也常在校刊上發表文章。注意過去中學校刊與中國現代作家的關係，比較容

易得到作家早年文學創作的史料和早年文學教育的背景材料。還
有一種史料來源是那個時代的中學生畢業時，有在畢業紀念冊上
寫文章留念的習慣，所以我們在收集相關作家的史料時，同時也
要留心他們學校當時是否印刷過相關的出版物，如果有，一定要
注意查閱。現在我們還沒有一部中國早年中學校刊和紀念冊的目
錄，所以這方面的史料很不容易得到，這些校刊和紀念冊都屬於
不定期的零散出版物，以後最好能從和這些學校有淵源關係的學
校中去尋找相關線索。

　　大學的校史材料有兩種情況。一是大學的校刊，包括全校性
的系列雜誌，比如早年的《清華週刊》、《北京大學日刊》、《北京
大學學生週刊》等。《清華週刊》現在有電子版，《北京大學日刊》、
《北京大學學生週刊》後來都出版過影印版，很容易見到。當時
中國大學主辦的、在社會上產生影響較大的期刊，在中國現代文
學研究中比較常見，如北京大學學生主辦的《新潮》、東南大學主
辦的《學衡》雜誌，這些校刊屬於廣義的校刊。我們這裡提到的
校刊，更偏重於不常見的、學生出於愛好在社團活動中辦過的那
些期刊，這些校刊重於文學創作和文學活動的記述，在研究相關
作家生平和文學活動時，注意這個類型的材料，容易擴展史料方
向。在校史資料的使用中，早期原始材料的發現和收集最為重要，
但當這些材料難以得到的時候，我們可以使用後來學校編纂的校
史和相關的校史資料。近年來一般有歷史的大學都編纂過自己的
校史，校史中最常見到科系的設置、學生、教授名錄和其他有關
活動，在中國現代文學研究中，校史資料的有意使用，可以擴展
史料方向和發現新的研究角度。在校史資料中，成型的校史使用
雖然比較方便，但更要注意使用校史編纂前編輯的成型的校史資
料，比如《北京大學史料》（北京大學出版社，2000 年）《清華大
學史料選編》（六冊，清華大學出版社，2005 年）《國立西南聯合

大學史料》（六冊，雲南教育出版社，1998 年）《南京大學校史資料選輯》，（南京大學出版社，1989）等。

　　這些成型的校史資料，多從原始檔案中輯錄出來，在文獻方面是最接近原料的一種史料。這方面的史源很豐富，我們可以從《北京大學校史論著目錄索引（1893-2003）》（北京大學　出版社，2004年）一書中，較為方便地擴展這方面的史料。這本書是一本關於北京大學歷史檢索參考的工具書。本書收錄了自 1898 年至 2003 年間國內外發表和出版有關北京大學歷史的文獻論著 1 萬多條目；涉及國內外各種報紙、學報、期刊、叢刊、文史資料、革命史資料、地方史資料等約 400 餘種。章開沅等主編《社會轉型與教會大學》（湖北教育出版社，1998 年，武漢），本書附有當時中國教會大學學報、校刊出版史略及中國基督徒名錄簡介，是一本方便使用的工具書。近年珠海出版社和河北教育出版社分別出版了「中國教會大學研究叢書」，前者偏重專門研究，後者著意普及常識，兩套叢書結合起來，大體可以瞭解中國教會大學的一般風貌，相關文學活動的史料線索，也可以在此得到初步的解決。

　　校史材料中還有一個史料方向應當注意，就是 1949 年後中國大學裡普遍發行「校刊」，特別是在政治運動中，這些校刊保存了許多有價值的史料線索。比如北京師範大學的《師大教學》、《新清華》、《新燕京》、《中大校刊》等，這方面的史料，現在還沒有一個完整的目錄整理出來，但在研究時可以注意這個史料方向。一般來說，你的研究對象當時在哪一所大學工作，你在搜集史料時就要把眼光關注到這種方向，特別是在政治運動發生比較集中的年代，比如 1952 年的思想改造運動、1955 年的批判胡風反革命集團、1958年高校中的「雙反運動」、1957 年反右運動等。我在前面講「政治運動中的史料」時曾有所提及，這裡就不多說了。

第九節　「廣告」及「會議紀念文集」的使用

　　這裡提到的廣告，主要指報刊雜誌上刊出的與中國現代文學研究相關的圖書、作家活動以及出版相關的資訊。因原始的廣告實物很難見到，所以我們注意從廣告中尋找史料，主要是關注相關報紙期刊和圖書中的廣告。注意廣告的一個直接目的是獲取資訊，在中國現代文學研究中，有些作家的作品是出了廣告，而最終沒有成書，或者成書後由於其他原因並沒有廣為發行。所以留心廣告資訊的同時，還要注意用廣告資訊和原物對照，這方面比較容易出錯的是許多書目索引類專書，因為從廣告資訊中編輯，有時候會給研究者帶來不便。據有關研究表明，李健吾的《咀華二集》初版本，印出來後，因為出版社受到查封，所以並沒有發行，而後來的二版與初版間又收入了不同的幾篇文章，其實已經是兩個版本。如果單從廣告資訊中，難以確定本書的真實情況。在中國現代出版史上，這樣的情況並不少見。有時候廣告書目要和書店的「營業書目」對照，才有可能瞭解圖書出版發行的真實情況。與中國現代文學研究有關的文學類廣告，本身也能構成研究對象。比如可以選擇一本出版週期較為穩定的報紙或者期刊，從中選擇文學廣告作為研究對象，可以從文學傳播以及廣告選擇等資訊中，觀察中國現代文學對社會產生的影響。同時文學廣告本身也是中國現代作家和作品社會影響確立的一個指標，從對廣告的措辭、宣傳的力度、推廣的方式等等現代傳播關係中，可以解讀文學資訊和作家作品對社會及公眾產生影響的複雜情況。

　　在中國現代文學史料中，還有一類文獻是「會議紀念文集」。這一類文獻，在 1949 年前比較零散，因為那時中國現代作家的主要活動是以自由方式存在，除了以政府和學術社團出面組織的專業學術會議，一般會留有完整的「會議紀念集」類的文獻外，其他情況下此類文獻並不常見，常見的倒是一些作家去世後編輯的紀念文

集，最有名的如《魯迅先生紀念集》（1937 年初版，1979 年上海書店再版）。關於人物的紀念集較多，關於會議的紀念集較少。1949年前的作家及會議紀念集較少，1949 年後的作家及會議紀念集常見，在使用時，最好能兩種共同使用。《魯迅先生紀念集》由魯迅先生紀念委員會編輯，分自傳、年譜、譯著書目、逝世經過略記、逝世消息摘要、悼文、函電、輓聯辭、通訊、附錄、後記等。是瞭解作家生平和事蹟的主要史料。

　　此類文獻在 1949 年後出現的比較普遍，因為這一時期的文學活動以政府行政方式為主導，在重要會議之後，都會以完整收集史料的方式把相關內容以「會議紀念集」的形式印刷出版，此類文獻也是中國現代文學史研究中需要特別注意的，尤其是在歷史轉型時期，此類文獻中包含的相關資訊非常豐富。

　　此類文獻的長處是系統和完整，一般還會有相關的圖片資料和活動日程。在分析中國現代作家在歷史轉折時期的經歷以及後來文學活動中的地位，此類文獻是一種重要參考史料。此類文獻一般有兩種情況，一是中央一級重要會議的紀念文集，一是地方文學會議紀念文集，因為行政級別的差別，中國現代作家在中央和地方的情況也有不同，所以在研究這一時期的文學活動時，最好能把這兩類會議的紀念集對比使用，從中看出文學活動的細處，因為會議紀念集在史料的準確性方面較為可靠。下面是幾種會議紀念集的目錄：

　　《中華全國文學藝術工作者代表大會紀念文集》（新華書店發行，1950 年）、《中國文學藝術工作者第二次代表大會資料》（中國文學藝術界聯合會編印，1953 年）、《中國文學藝術工作者第三次代表大會資料》（中國文學藝術界聯合會編印，1960 年）、《北京文學藝術工作者代表大會紀念文集》（大眾書店印行，1951 年）、《全國文學作品目錄調查（1949-1953）》（中華全國文學工作者協會資料室編，1953 年）。

　　瞭解 1949 年後中國文學的發展情況，注意組織和機構編纂的材料是重要的史料方向。

第十節　中國現代文學史料中的「版本」與「書話」

一、中國現代文學史料中的「版本」

　　中國現代文學中有沒有版本問題？答案是肯定的。但它重要到什麼程度，卻因人而宜。現在研究中國現代文學的人，大部分在理論上承認現代文學有版本問題，但真正對版本問題重視的並不多，我們的中國現代文學史教材中，從來不涉及史料，更不要說版本這樣專業的問題了。在專門研究中國現代文學的重要學者中，我感覺，他們對版本並不很看重。看重版本的，是一些專門從事史料研究和專門寫作「書話」的作者。

　　在中國傳統學問中，版本之學，是學問的基礎，不懂版本之學，很難在學問上達到精深的地步。這是因為中國傳統學問依賴的文獻久遠和文獻狀況複雜所造成的。中國現代文學因時代近，版本問題雖然存在，但並沒有重要到非先治版本之學再來研究的地步，這是因為中國現代文學的載體發生了根本的變化。中國現代文學是依賴現代印刷存在的，它的具體形式在手稿之外，就是報紙、期刊和印刷完整的單行本，這與中國舊學中的版本不是一個層面上的問題。

　　中國舊學中的版本問題所以複雜，除了時代久遠導致的版本變化繁雜外，更重要的原因是印刷手段。中國古籍的主要載體是雕版印刷，在這種印刷形式出現之前，中國古代文獻的存在形式更為複雜，如那些以甲骨、竹簡、木版、縑帛等形式存在的文獻。所以我們要清楚，嚴格意義上的版本，只是對古籍而言，對中國現代文學研究來說，有重要的版本，但並不等於有版本之學。

　　我個人認為，中國現代文學中的版本問題，首先體現在它的形式方面，比如裝幀、設計，其次才是它的內容。這不是說中國現代文學中的版本問題不重要，而是因為中國現代文學是以現代印刷為基本存在前提決定的，現代印刷的主要特點一是量大，二是類同，除了極特殊情況外，中國現代文學中重要作品的存在形式本身並不複雜，相對容易說清楚。另外中國現代文學是白話文學，不同版本在文獻方面的錯訛處時有存在（特別是在初版與再版之間以及與原發報刊間的差異），但一般很少發生理解方面的歧義，這是它與中國古籍的最大區別。我願意在史料意義上理解中國現代文學的版本問題，也就是說，對中國現代文學研究，我們要注意使用原始文獻，在這個意義之外，如果不是專門從事中國現代文學的校勘和考證一類史料工作，有版本意識即可，不必為了強調版本的重要性，而把中國現代文學中的版本問題提升到和中國古籍一樣的高度。

　　中國現代文學中的版本有這樣幾種情況：

1.手稿

　　中國古書中有稿本、抄本的分類，那是在印刷手段不發達的情況下出現的特有現象，在古籍收藏中，一般的說法，此類文獻都在善本的概念中。對中國現代文學來說，手稿的概念並不普及，因為

除了極重要的作家外，一般我們很難再看到作品的手稿。現在常見的是魯迅作品的手稿、巴金作品的手稿、老舍作品的手稿等。手稿作為版本的一個重要問題，主要是與後來印本的差異，也就是說，在中國現代文學研究中，一般說來，手稿不是一個孤立的存在，它的重要性依賴與印本的關係，所以從對勘比較中發現二者間的差異，是手稿研究的主要方法，從中可以觀察作家修改、刪節和最後定本間的不同，在細微處發現作家創作活動的複雜性和出版制度的寬嚴問題。最好的例子是魯迅《兩地書》的手稿本與印本間的修改，王德厚《〈兩地書〉研究》（天津人民出版社，1982 年），朱正《魯迅手稿管窺》（湖南人民出版社，1981 年）最能說明這個問題。周立民《〈寒夜〉的修改與中國現代文學文獻學問題》（陳思和李存光主編《一粒麥子落地——巴金研究集刊之二》，上海三聯書店，2007年）也值得一讀。孤立的手稿研究，在中國現代文學中還較少見，因為孤立的手稿本身很難發現。

2.線裝本

線裝本是中國古籍最為常見的形式。在中國現代文學作品中，此類形式並不多見。嚴格意義上的線裝書，除了指裝訂形式外，還包括刻印方式。對中國現代文學中的線裝本來說，並不嚴格，主要看裝訂形式。魯迅早年的《會稽郡故書雜集》和他出資刻印的《百喻經》，都是與中國現代文學研究有關的文獻。在中國現代文學研究中，線裝本較多存在的是一些早期翻譯作品集和詩集。如林紓譯的《巴黎茶華女遺事》，葉道勝譯的《托氏宗教小說》（參閱姜德明《新文學版本》，江蘇古籍出版社，2002 年）、劉半農的《揚鞭集》、徐志摩的《志摩的詩》、王統照的《題石集》、沈尹默的《秋明集》、劉大白的《白屋遺詩》、俞平伯的《憶》與《燕

知草》、于賡虞的《晨曦之前》、林庚的《冬眠曲及其它》、白寧的《夜夜集》、卞之琳的《音塵集》、滕固的《迷宮》、林語堂的《大荒集》等。（參閱朱金順《新文學資料引論》，北京語言學院出版社，1986 年。姜德明《書攤夢尋》，北京燕山出版社，1996 年）。中國現代文學中的線裝本，它的主要意義可能還是在形式本身，從中可以感覺新文人對舊形式的某些懷戀。

3.鉛印本

　　這是中國現代文學作品的主要存在形式，它的印刷手段雖然有區別，比如石印、膠印、珂羅版、複印等等，但除非專門研究，不必分得這樣細。用鉛印本的說法大體可以概括中國現代文學作品的基本存在形式。

　　我對中國現代文學研究中的版本問題，強調兩個特點：一是版本本身有研究的價值，但在中國現代文學研究中，我們最好還是從史料的意義上理解版本。我們注意版本，主要是面對原始文獻激發我們的學術靈感，從中獲得史料來源進而擴大史料方向。二是意識到不同版本的差異，在比較研究中發現這些差異產生的原因和出版制度間的關係，也就是說，版本是小問題，但我們要從這個「小」中見出大來，如果不能從版本的「小」中見大，我們研究版本的意義就體現不出來。新文學的版本研究，還比較薄弱。金宏宇《中國現代長篇小說名著版本校評》（人民文學出版社，2004 年）、《新文學的版本批評》（武漢大學出版社，2007 年）可以參閱。另外，王宗芳、孫偉紅《現代文學版本學》（珠海出版社，2002 年）一書，在這方面也有努力。

　　下面我們通過王瑤《中國新文學史稿》的版本變遷，可以看出一本文學史著作的影響。

　　王瑤《中國新文學史稿》是中國現代文學史研究中的經典著作。凡經典著作一般具有如下的特點：一是在本學科中有奠基作用，無論後來學科發展到何種程度，它的價值都不會消失；二是在本學科中有積累作用，凡從事本學科研究，不能不瞭解本書的寫作經過和它的基本內容；三是變革作用，本學科後來的學術變革的基本因素，無論正反兩面，多數包括在本書的歷史中。有鑒於此，對經典著作的瞭解，應當從它的版本開始。

　　《中國新文學史稿》的版本變遷包括兩個內容，一是版本本身的情況，二是著作的修改情況，我這裡只討論前者。王瑤《中國新文學史稿》曾先後收入 1993 年北岳文藝出版社的《王瑤文集》和 2000 年河北教育出版社的《王瑤全集》中，這裡的版本變遷，不包括這兩套全集中的情況：

　　開明初版本：王瑤《中國新文學史稿》的初版本，1951 年 9 月由開明書店出版，初版的印數是五千冊，而且只有上冊，算是半部書。書前有王瑤《自序》一篇，篇末注明本書「1951 年元旦王瑤於北京清華園寓所」。這個時間很重要，它說明本書完成的時間，這是一個轉折的時代，它有特殊意義。因為書的完成和出版之間有一個時間差，研究中國現代文學史，要從它的完成時間中看出一些作者和時代的關係。

　　王瑤在《自序》中說，本書是他在清華大學講授《中國新文學史》課程的講稿。1948 年，王瑤在清華大學本來講的是《中國文學史分期研究（漢魏六朝）》一課，王瑤說：「同學就要求將課程內容改為『五四至現在』一段，次年校中添設《中國新文學史》一課，遂由著者擔任。兩年以來，隨教隨寫，粗成現在規模」。

　　據王瑤自述，1950 年 5 月，教育部召集的全國高等教育會議，通過了《高等學校文法兩學院各系課程草案》，其中規定《中國新文學史》是各大學全國語文系的主要課程之一，並要求按如下內容

講授：「運用新觀點，新方法，講述自五四時代到現在的中國新文學的發展史，著重在各階段的文藝思想鬥爭和其發展狀況，以及散文、詩歌、戲劇、小說等著名作家和作品的評述。」

王瑤在《自序》中有「清華添設此課略早」一語，說明中國現代文學史的學科制度化，起源於清華大學中文系。

《中國新文學史稿》初版本的後面，附有當時開明書店的一個廣告，對研究中國現代文學史有幫助，尤其要注意其中的印數。郭沫若選集印數最高，似乎有特殊意義，按常規推測，有些例外。廣告如下：

中央文化部新文學選集編輯委員會編輯

新文學選集

這裡所謂新文學，指「五四」以來，現實主義的文學作品而言。現實主義是「五四」以來新文學的主流，而其中又包括著批判的現實主義和革命的現實主義兩大類。新文學的歷史就是從批判的現實主義到革命的現實主義的發展過程。這套叢書依據這一段歷史的發展過程，選輯了「五四」以來具有時代意義的作品；目的在使讀者以最經濟的時間和精力，對新文學的發展獲得基本的知識。現在第一二輯已經出版，其中包括二十四個作家的作品，這些作家的選集有為作家自選的，也有由本叢書編委會約請專人代選的，如已故作家及烈士的作品，每集都附有序文，又有作者照像，手跡等圖片。

第一輯

　魯　迅選集　印刷中

　瞿秋白選集　印刷中

　郁達夫選集　16000

　聞一多選集　13500

朱自清選集　　15000
許地山選集　　12500
蔣光慈選集　　21000
魯　彥選集　　16500
柔　石選集　　14000
胡也頻選集　　19500
洪靈菲選集　　12000
殷　夫選集　　9500

第二輯

郭沫若選集　　39000
茅　盾選集　　印刷中
葉聖陶選集　　23000
丁　玲選集　　24000
田　漢選集　　印刷中
巴　金選集　　17500
老　舍選集　　15000
洪　深選集　　19000
艾　青選集　　14000
張天翼選集　　17000
曹　禺選集　　30000
趙樹理選集　　10000

　　新文藝完整本：《中國新文學史稿》的出版，有一個前後過程。
上冊出版後兩年，下冊才出版，也就是說，本書的完整版本問世是
在 1953 年。《中國新文學史稿》的下冊，1953 年 8 月由新文藝出
版社出版，曾印過兩次，現在一般流行的版本是 1954 年 3 月，新

文藝出版社出版的上下兩冊《中國新文學史稿》，其時上冊累計印數 35000 冊，下冊累計印數 28000 冊，可見影響之大。

此次上下兩冊合印時，書前專門印了「內容提要」，其中說：「本書是作者前後在清華大學及北京大學講授《中國新文學史》一課程的講稿。上冊中除『緒論』部分綜述中國新文學的性質及領導思想等一般特點外，所述時期為自『五四』文學革命至 1937 年抗戰前夕，二十年間新文學的發展史。第一時期皆分詩歌、小說、戲劇、散文報告四部分，就各作家的作品來敘述。本書曾於 1951 年初版刊行，此次重版，內容已由作者加以修正和補充。」

在這個「內容提要」之後，作者寫了一篇《修訂小記》，專門敘述本書的修訂情況，這個《修訂小記》後面標明的完成時間是「1952 年 12 月北京大學中關園寓所」。也就是說，這時王瑤已在院系調整後，離開清華大學到了北京大學。

《中國新文學史稿》下冊前，同樣也有「內容提要」：「本書是作者前後在清華大學及北京大學講授《中國新文學史》一課程的講稿的後一部分。下冊自抗戰開始敘起，第一部分敘至 1942 年毛主席《在延安文藝座談會上的講話》發表前為止，敘述抗戰前期新文學發展的一般狀況，以及重要的作家和作品。第二部分敘述自毛主席《在延安文藝座談會上的講話》發表至 1949 年中華全國文學藝術工作者代表大會以後所引起的人民文學事業的巨大變革，以及新的人民文藝的成長狀況。最後另附《新中國成立以來的文藝運動》一章，綜述自新中國成立以後至 1952 年毛主席《在延安文藝座談會上的講話》發表十周年為止的三年間文學工作的一般狀況。」

日文翻譯本：《中國新文學史稿》曾由實藤惠秀、千田九一、中島晉和左野龍馬四人合作譯成日文，1955 年 11 月至 1956 年 4 月分五冊由日本河出書房出版。此版本，我沒見過，僅據《王瑤全

集》第 3 卷「編輯說明」引述。1956 年 6 月 15 日，王瑤為《中國新文學史稿》日譯本寫了序言。

波文書局本：1972 年 6 月，香港波文書局依據 1954 年「新文藝完整版」，原樣翻印了王瑤《中國新文學史稿》上下兩冊，合為一冊出版，署名「王瑤編著」，封面印有「增訂本」字樣，同時本書後面合印了 1958 年人民文學出版社出版，由北京大學中國語文學系編輯的《文學研究與批判專刊》第三輯中與《中國新文學史稿》有關的批判文章，刪除了原書中批判王瑤，但與《中國新文學史稿》沒有直接關係的三篇文章，本專輯是專門批判王瑤和他的學術活動的。波文書局在翻印時作為附錄，改標題為《批判王瑤及〈中國新文學史〉專輯》，也是原書翻印，沒有重新排版。

此書出版後，曾受到讀者歡迎，再版時，書前新增一篇《增訂版說明》，對王瑤《中國新文學史稿》評價極高，雖然是一則簡單說明，但它出自專家之手無疑，同時也是中國新文學史編纂史中較早的史料。因為這段文字在以往關於王瑤和《中國新文學史稿》研究中，尚未見完整提及，現抄出如下：

> 增訂版說明
>
> 近年來，一般大學多開有或加強新文學課程。對於每一位大學程度的學生，認真的讀中國新文學史是有必要的；正如有必要讀中國近代史，現代史一樣。
>
> 閱讀中國新文學史，跟閱讀中國現代史一樣，很難找到內容詳細又較客觀的書。基於上述的原因，本局增訂出版了王瑤編著的《中國新文學史稿》。
>
> 一九四九年以來，中國所出版關於新文學史的書籍，計有：葉丁易的《現代中國文學史略》，張畢來的《新文學史綱》第一卷，劉綬松的《中國新文學史稿》，蔡儀的《新文學史

綱要》，東北師範大學四人合編寫的《現代中國文學史》、復
旦大學中文系現代文學組學生集體編寫的《中國現代文學史
（1919～1942）》，李何林的《中國新文學史研究》，北京大
學中文系現代文學改革小組編的《現代文學史參考資料》及
王瑤編著的《中國新文學史稿》等書。

一九四九年以前，有關中國新文學的書籍，除了《新文學大
系正編》外，多是零星簡編，散篇短論的居多，著者只有王
哲甫的《新文學運動史》，霍衣仙的《最近二十年文學史綱》
及李何林的《近二十年文藝思潮論》，其他還有張苦英（阿
英）的《新文學運動史資料》和郭沫若的《創造十年》等書。
海外還可讀到有關新文學史的書籍有：不全面的《中國新文
學大系續篇》，曹聚仁的回憶錄式的《文壇五十年》，李輝英
用大學講義改寫成的《中國現代文學史》、劉心皇七拼八湊
寫成的《中國現代文學史》，林莽的《新文學廿年》小冊子，
夏志清的 A Short History of Chinese Modern Fictions（本書
已由劉紹銘博士中譯，即將出版）及周策縱的 May fourth
Movement（本書已見中譯）亦算對新文學有所闡論。

上述諸書，以王瑤的《中國新文學史稿》較為完備，所收之
史料極豐，組織排比嚴謹，並且選用資料較客觀，評論深入
和公允，到目前為止，沒有任何一本新文學史可以企及。

王瑤是朱自清的學生，中國古典文學的造詣很高，其有關中
國古典文學之論述是眾所熟悉的，其以中國古典文學之修
養，加上與新文學耳濡目染的接觸，撰述中國新文學史，當
有難以超越的成績。

本書甫一出版，即引起熱烈的反映；本局收集討論本書的文
字及王瑤對本書的自我批評，共十數篇，彙編成《批判王瑤
及〈中國新文學史〉專輯》，為本書附錄。本局將本書增訂

出版，向讀者提供有關中國新文學史的系統知識，為進一步的研究提供一些研究的方法和資料，及認識各方面在各時期，對中國新文學史所持的不同觀點；並且祈望更完備的中國新文學史早日出現。

波文書局編輯部一九七二年五月

波文書局初版本，我未見，所見增訂本，除了上述《增訂版說明》外，書前分別收集了與中國現代文學活動相關的大量照片：分別是《魯迅與瞿秋白》（套色木刻，張漾兮作）、《魯迅贈瞿秋白的對聯》、《瞿秋白木刻像》（戒戈作）、《聞一多畫像》（丁聰作）、兩幅《魯迅像》（力群、羅工柳作）、《郭沫若像》（劉峴作）、《郭沫若手書‧蜀葵花》原稿。《一九六二年，何其芳（站立者）在家中所攝的照片，當時他是文學研究所的所長。坐者是「來薰閣」（專為學者專家的學術研究服務的機構）的職員，他經常為何其芳送來參考書》、《田漢攝於 1964 年》、《田漢和他的第一任妻子易漱瑜，攝於 1921 年》、《曹禺》、《陽翰笙》、《劇作家陳白塵》、《中央戲劇學院院長、劇作家歐陽予倩是春柳社的主要成員之一》、《三十七歲時的老舍》、《老舍素描像》、《老舍》、《火車集》《我這一輩子》封面、《徐志摩與陸小曼》、《周作人》（司徒喬素描）、《周作人‧廿八歲在東京》、《周作人‧七十八歲在北京》、《郁達夫攝於一九三六年照片為松支茂夫所攝》、《一九二六年創造社的（右至左）成仿吾、郁達夫、郭沫若、王獨清合攝於廣州》、《許地山手跡‧被目為怪人的許地山，留著長鬍子》、《趙樹理的手稿》、《趙樹理像》、《豐盛的莊稼吸引了老作家葉聖陶》、《在草原上訪問的老作家老舍（右二）和吳組緗（右三）》、《劇作家曹禺和蒙族兒童「摔跤」》、《丁西林》、《鄭振鐸》、《沈從文（左）向藝人講解歷史文物‧由作家變成考古家的

沈從文》、《周揚》、《周揚與沈雁冰》，這些照片，多數依據當時大陸出版物的成品翻印。

上海文藝修訂本：《中國新文學史稿》1982 年修訂重版，作為高校文科教材，分上下兩冊，由上海文藝出版社發行。王瑤為重版本寫了《重版後記》，後來的《王瑤文集》、《王瑤全集》均據此版本，成為《中國新文學史稿》的改定版本。這個版本，據王瑤在《重版後記》中說明，是由孫玉石、樂黛雲、黃曼君、王德厚校改過的。「語句之間，略有增刪，但體例框架，一仍其舊。」

本版刪除了初版下冊附錄的《新中國成立以來的文藝運動》（1949 年 10 月至 1952 年 5 月）部分，用作者 1979 年 2 月 4 日為紀念「五四」六十周年完成的《「五四」新文學前進的道路》一文，作了重版代序。

一山書屋本：香港一山書屋 1979 年曾把王瑤《中國新文學史稿》上下兩冊，合為一集出版，署名「王瑤編著」，封面印有「最新增訂本」字樣，沒有說明準確的出版時間。但封底背面有一行，特別說明「一九七九年最新增訂版」，其實是依據香港波文書局版，原書翻印，所不同的是封面將原書附錄：批判王瑤及《中國新文學史稿》專輯，改題為：批判王瑤專輯，同時刪除了原來的《增訂再版說明》，書前翻印的作家照片中，刪除了《周揚》、《周揚和沈雁冰》二幅。同時將《文學研究與批判專刊》第三輯全書照收，補入了波文書局版刪除的三篇文章，分別是《王瑤先生對中古文學的歪曲》、《什麼方針？什麼途徑？》、《批判王瑤先生在中古文學研究中的形式主義唯美主義》。

一山書屋本，王瑤生前從沒有提到過，《王瑤全集》重收《中國新文學史稿》時，也沒有提到。我猜測有可能是一個盜版本，不過當時香港書局變化頻繁，波文書局和一山書屋間的關係，筆者並不清楚，判斷為盜版本，只是憑王瑤生前從未提起，如果他曾見過

此版，當不會沒有說明。盜版本雖然不合法律，但在書籍的傳播方面，還不能說沒有意義，它從另外一個角度，說明了《中國新文學史稿》的海外傳播情況，也是本書影響的一個標誌。

兩個批判專集：《中國新文學史稿》的版本變遷中，還有兩個「批判集」需要注意，雖然它們與《中國新文學史稿》的版本沒有直接關係，但在研究王瑤和《中國新文學史稿》時，還有參考作用。

第一種是前曾提及的《文學研究與批判專刊》第三輯，本書文章，全部出自當時北京大學中文系的學生，以批判王瑤和《中國新文學史稿》為主，但也涉及王瑤的古典文學研究。

第二種是以：中國人民大學現代文學教研室集體署名的《王瑤〈中國新文學史稿〉批判》，係一長篇論文，1958 年由人民文學出版社出版，此書與當時中國人民大學古典文學教研室所著《林庚文藝思想批判》，為同一類型的批判性文集。第一種批判集在所有研究王瑤的文獻中基本都會涉及，但第二種由於印數較少（只印一千冊），在關於王瑤的研究中，尚未見提及。

因為《中國新文學史稿》的學科地位非常重要，今後關於王瑤的研究中，有可能將批判集中的觀點，作為判斷《中國新文學史稿》歷史意義的旁涉史料，所以雖然是批判性的材料，但在研究史上也不能忽視。

由於王瑤和《中國新文學史稿》在學科史上的地位非常重要，所以對基礎文獻的研究，應該有較為清晰的瞭解。《中國新文學史稿》後來還經歷了一個不斷修改的命運，從這些修改中，我們也可以解讀出豐富的歷史內容和王瑤在當時歷史環境中的思想狀態，特別是他與時代的基本關係。這些深入的研究，應當建立在對《中國新文學史稿》版本研究的基礎之上，版本的海外傳播，也是它學科地位的一個明顯標誌。

據我所知，目前關於中國現代文學史著作的海外傳播，還沒有比《中國新文學史稿》更深遠的事實。「王瑤的《中國新文學史稿》較為完備，所收之史料極豐，組織排比嚴謹，並且選用資料較客觀，評論深入和公允，到目前為止，沒有任何一本新文學史可以企及。」這個判斷，在海外沒有意識形態要求的情況下，應該認為是一種沒有偏見的評價。把王瑤古典文學的造詣與新文學史研究聯繫起來的思考，也非常富有啟發意義。在學術自由的環境下，1972 年就得出「王瑤是朱自清的學生，中國古典文學的造詣很高，其有關中國古典文學之論述是眾所熟悉的，其以中國古典文學之修養，加上與新文學耳濡目染的接觸，撰述中國新文學史，當有難以超越的成績。」這樣的結論，應當認為是對王瑤及《中國新文學史稿》的一個客觀評價。

二、中國現代文學史料中的「書話」

在中國現代文學史料研究中，貢獻明顯的是專門寫書話的一些作家。或者說，中國現代文學史料的研究是由書話作家為主力的。書話這種形式，現在一般都認為是散文形式中一個變種，這可能有它的道理，但我們從研究中國現代文學史料的角度觀察，首先不是從散文的意義上來理解書話，而是從史料來源意義上關注書話，我們不看重書話的形式，我們要的是書話中的史料或者書話中提示的史料方向。

關於書話的形式，現在有各種不同的定義和說法。我願意把它定義為：面對與中國現代文學研究有關的原始文獻，直接解說文獻並強調文獻本身與中國現代文學研究聯繫的文體。也就是說，凡書話必以文獻價值為上，它包括兩方面：一是書話的對象必以原始文

獻為第一目標，二是解說必能與中國現代文學研究發生聯繫，它的題材限定在中國現代文學範圍內，與此無關的不算書話，如果擴大它的邊界會失去它的獨立意義。廣義的書話，可能包括一切與書有關的文類，但我講的書話是狹義的書話，只與中國現代文學研究有關才算。一般認為，唐弢是最早對書話這種形式有自覺意識並努力實踐的作者，雖然最早有一些作家寫了類似的文章，但他們沒有唐弢的自覺意識，所以書話這種中國現代文學研究的獨特形式，是唐弢開創的。

書話這個名稱，可能是由中國古代的「詩話」、「詞話」、「曲話」演化而來的。如歐陽修的《六一詩話》、嚴羽的《滄浪詩話》、袁枚的《隨園詩話》、梁啟超的《飲冰室詩話》。詞話、曲話又在詩話的影響下發展起來，近代王國維的《人間詞話》就非常有名。

現在一般辭典裡都沒有「書話」這個詞，但在讀書界已大致有些約定，就是那些依賴實物，然後談出自己對這本書感想的那一類小品文。很難確定說誰最早使用了「書話」一詞，但把它用為一本小品文專集名稱，可能是《晦庵書話》的唐弢。但也有論者認為曹聚仁 1931年曾在《濤聲》雜誌刊過一篇《書話四節》的文章，阿英也於 1936年發表過《〈紅樓夢〉書話》，1937 年又發表了一組《魯迅書話》。還有人認為朱自清 1935 年在《水星》第 1 卷第 4 期發表《買書》一文，其中提到，他在倫敦的時候，曾在一家小書店看見過一本《The Book Lovers' Anthology》。朱自清譯為《牛津書話選》。[1]

唐弢的書話，大約從 1945 年開始，陸續發表在《萬象》、《文匯報》的副刊、《文藝復興》、《文訊》、《時與文》等報刊上。1962年，唐弢將書話結集成書，題名為《書話》，由北京出版社出版。1980 年三聯書店新版，名為《晦庵書話》。

---

[1]　胡洪俠：《「書話」的源頭在哪裡》，《新京報》2005 年 5 月 16 日，北京。

　　書話作家是構成中國現代文學研究群體的重要成員，他們在中國現代文學研究中的地位是獨立的，以往對這些研究者的評價較低，其實是忽視了他們對中國現代文學研究的貢獻，可以設想，如果沒有這些書話作家的貢獻，中國現代文學研究的生態會非常單一。書話作家的貢獻在何處呢？第一在史料積累，第二在學風樸實，第三在見識豐富，第四在趣味高雅。書話作家對中國現代文學研究的史料貢獻，有目共睹。從唐弢以後，凡書話作家寫作必是直接見到中國現代文學的原始文獻，更多時候這些原始文獻屬於作家自己的收藏，這個特點決定了書話作家研究的基本風格，他們的書話本身就是對原始文獻的直接記述，在史料來源方面非常可靠。書話作家多有收藏習慣，所見中國現代文學的史料具有豐富性和直接性，這種直接觀察原始文獻的習慣，決定了書話文體的基本風格，所以凡書話中涉及的中國現代文學的版本、考證、辨析、爭論等問題，決不懸空泛論，而有其堅實的史料基礎。

　　從阿英、鄭振鐸、唐弢、黃裳、姜德明、瞿光熙、胡從經到朱金順、陳子善、倪墨炎、龔明德、陳學勇、欽鴻等主要書話的寫作者中，可以完整清理出一條中國現代文學史料的基本來源方向。無論是作家、作品還是文學社團，無論是中國現代文學中的大型叢刊、叢書還是小報、廣告以及其他與中國現代文學有關的史料方向，在他們的書話寫作中，都有體現。這些書話作家不僅對中國現代文學真正熟悉，而且確有見識，特別是對一些細節問題，一經他們提出和考證，往往成為不刊之論。這些不同的書話作家，在關注中國現代文學史料的整體情況時，每一個人都有各自的專門研究對象和興趣關注點，比如陳子善對張愛玲、郁達夫，龔明德對章衣萍，陳學勇對林徽因、凌淑華等。因為長期保持對某一作家群體的關注，所以在擴展史料方面，書話作家的文章具有極豐富的資訊，我

們研究中國現代文學，以後要自覺從這一類文章中吸取營養，這也是我們的一個史料方向。

書話寫作，以發現新史料為基本前提。因書話作者眼界開闊，對史料的判斷常有獨到之處，所以在中國現代文學研究的總格局中，許多宏觀研究的直接靈感來源於書話，比如關於張愛玲等淪陷區女作家的研究，關於周作人的研究、關於胡適的研究等等，早期書話作家的評價較為客觀，因為論從史出，所以多年後再看中國現代文學研究，大部分高頭講章式的書多已為人遺忘，但幾乎所有的書話文集都成為收藏界看好的藏品，就中國現代文學研究的價值而言，書話的壽命是長久的。書話作家的特點往往是能在小問題上深入，他們發現的中國現代文學研究中的多是真問題，屬於歷史學的範圍。在中國現代文學研究領域中，書話作家是以實物發現和史料對比為基本研究方式的群體，他們的每一項工作都可以稱之為是文學考古。中國現代文學研究中的書話寫作，可能是比較穩定保留中國傳統學術中「札記體」精神的，它的長久生命力也體現在這一點上。西式論文方式普及後，不要說中國現代文學研究，就是中國古典文學研究中「札記體」寫作也很少見，倒是因為書話寫作暗合了中國傳統學術的敘述體例，在中國現代文學研究中成為重要的現代學術傳統了。在這個意義上理解書話寫作的意義，對改變中國現代文學研究的學風有好處。

書話寫作在中國現代文學研究中已自成系統，它主要由學院和業餘兩部分人組成。學院以胡從經、朱金順、陳子善、龔明德、陳學勇、欽鴻等為代表，他們本身就是中國現代文學研究方面的專家，不過研究更注重實證。另外還有相當一部分業餘的專業書話作者（主要指不在學院者，其實他們相當專業）如倪墨炎、謝其章、趙國忠等，這兩部分人以學院作者為主，共同構成了書話寫作的主要群體。他們的研究工作從興趣出發，以趣味為上，較少功利色彩，

所以研究成果比較扎實。在中國現代文學研究中，空疏的論文常見，而空洞的書話沒有。書話寫作在中國現代文學研究中的另一個貢獻是：它以趣味為上的研究方式，使中國現代文學研究的活力很旺盛。一門學科的過於專業化，很容易喪失其活力。中國現代文學雖然專業化程度還在逐漸提高中，但因為這門學科對象的豐富性和複雜性，使它充滿魅力。在這門學科的邊緣，始終有眾多的愛好者，他們多數是以對中國現代文學的版本、文獻和作家為興趣的業餘研究者，以書話方式參預中國現代文學的學術活動，雖然他們的文章多是形制短小的篇什，但因為熱情和收藏並重，他們的所有研究構成了對中國現代文學主流研究的必要補充，在史料的獲得和擴展方面，中國現代文學的主力是由書話作者構成的。因為書話作者多是依據實物寫作，所以他們在判斷史實的真實性方面有很強的優勢，眼界開闊，常能有新發現，但短處是容易陷入細小的枝節，把小處看大，對整體文學發展的大方向，有時候缺乏整體感，難以彙通和綜合分析，在判斷整個研究對象的價值方面，可能會有偏頗之處，應該說這些書話寫作極大地拓展了中國現代文學研究的格局，成為近年中國現代文學研究的一部分。

　　書話寫作中，還有一個港臺方面的史料方向。1949 年後，中國現代作家中有相當一部分人離開大陸到了香港和臺灣，由於兩岸三地間的政治制度不同，所以在文化方面也不相同。當年到港臺的作家也留下了相當豐富的關於中國現代文壇的史料，比如謝冰瑩、蘇雪林、徐訐、李輝英、孫陵等，都有一些這方面的著述。一般說來，港臺作家的此類寫作，相對於中國大陸作家的寫作更真實和細緻一點，這一方面有文化制度方面的因素，也有出版習慣問題。這些作家的寫作更注重個人感受和見聞，特別是對作家私人生活和社會關係的交待與敘述，往往比大陸作家更有資訊。雖然難免有個人偏見，但在中國現代文學研究中，這個史料方向，我們不能偏廢。

因為中國現代文學研究中，需要有一些現場感和對當時歷史真相的印象，才能更好判斷文學活動及作家個人在歷史中的地位。這些看起來屬於野史筆記一類的東西，有另外一種真實。比如孫陵的《浮世小品》（正中書局，1961 年，臺北）、唐紹華《往事見證》（傳記文學社印行，1996 年，臺北）等，對於我們觀察和判斷中國現代文學作家早年的生活、婚姻特別是婚外情等，都有幫助，至少他們提供的史料線索和史料方向是有價值得，近年臺灣蔡登山關於中國現代文壇的一些作品，似可注意，比如《民國的身影》、《那些才女們》等著作，可以豐富我們關於中國現代文學的知識。

蔡登山對中國現代文學中作家私生活研究，貢獻最為突出。他對中國現代作家婚姻和婚外情的研究，特別是他引出的研究方向，讓中國現代文學的研究格局發生了變化。中國現代文學發生的時代，是作家生活極其豐富的時代，中國現代文學中的重要作家，多有在正常婚姻生活以外的婚外生活，蔡登山把眼光投向這一方面，不但是從趣味出發，而是把作家私人生活和他們的文學活動結合關注，並試圖從這些作家的私人生活中，發現與他們文學創作的關係。比如他對沈從文私生活的研究就非常給人啟發，他能把沈從文在青島大學教學時期的生活與他的中篇小說《八駿圖》聯繫起來，並用史實梳理出當時青島大學文學院教授群體與一個重要女性——俞珊——的關係，對深入理解作家的文學活動都有幫助。在對魯迅、胡適私生活的研究中，蔡先生也獨具慧眼，他發現的史料方向，常常能引人深思並深化對研究對象內心世界的理解。

蔡登山的研究工作，一般都建立在完整的史料基礎上，對史料的真實性讀者可以懷疑，但他絕對不臆測和過渡解釋史料本身以外的事實。1949 年後，曾經與中國現代作家有過直接交往的歷史人物，有相當一部分出走海外，其中又有一部分人在上世紀六〇年代前後，從海外定居臺灣。蔡登山直接訪問過其中的一些人，他從與

這些人物的交往中獲得第一資訊，然後再去尋找相關的史料，在此基礎上得出自己的判斷。

　　對重要文化人物的私生活，獲得第一資訊是相當重要的，這常常要得自親屬或者有直接交往的當事人，如果沒有這個直接資訊，研究者在一般的文獻閱讀中很難發現作家私生活的直接線索，蔡登山的工作所以獲得學術意義，就是他在提供第一資訊和用史料印證資訊方面，為研究者開拓了思路。這個研究方向恰恰是大陸中國現代文學研究中最缺乏的東西。我們過於關心作家的社會生活和公眾生活，對於他們私人生活的忽視，不但影響了研究的深度，而且在相當程度上，也令中國現代文學研究變得索然無味，直接影響了學科的發展。比如在魯迅、胡適、郭沫若、田漢、沈從文、老舍、張愛玲、胡風、周揚等等這些作家的研究中，如果不引入對他們私生活的研究，有些中國現代文學史上的大問題就很難給出有說服力的解釋，蔡登山的研究恰好填補了這個空白。

第六章　中國現代文學史料應用的規範

第一節　史料的首發權

中國現代文學史料使用方面會涉及一些道德問題，史料使用的道德問題，是學術規範中的基本學術道德，我們不能不特別加以注意。在中國現代文學研究中，史料研究的地位不高，但許多重要的學術研究卻是依賴史料發現才發生變化的。我想談一下史料的首發權問題。

史料的首發權，是我臨時想出來的說法，主要指第一個發現史料的人，這裡的發現包括兩個意思，一是指出史料的出處並在相關研究中最早使用了該史料；二是指最早公開某項史料的運用範圍，並強調了其重要性。

強調史料的首發權，主要是為了尊重史料發現者的貢獻，在這方面，發現史料的意義雖然不能和科學發現相比，但在基本的意義上，二者有相似的地方。史料的發現也有兩種情況，一種是完全的新發現，比如發現了作家的私人書信、日記以及其他對於解釋歷史有說服力的材料，無論規模大小，這些發現者的工作，都應當視為是重要的學術貢獻。這種完整史料的發現，在學術研究中時有所見，它的特點是獨立、新奇和偶然性，是可遇不可求一類的事。還有一種是在現有成型文獻或者一般為人熟悉的文獻中，把相關史料給予新解或者解讀出新的史料意義與方向的工作，這種史料工作相對前一種工作有一定難度。馬克‧布洛赫在《歷史學家的技藝》（上海社會科學院出版社，1992 年）一書中，把史料分為「有意」的史料和「無意」的史料。所

謂「有意」的史料是指成文的歷史著述、公開的報導或者回憶錄一類，「無意」的史料是指政府的檔案、軍事文件、私人信件、日記及各種實物。「有意」的史料易見，「無意」的史料難得；「有意」的史料容易判斷，「無意」的史料需要理論和觀念才能識別。

研究者看到別人使用了「無意」史料中的私人書信、日記或者其他史料，但在自己的研究中，並不明確說明自己史料的來源，而是直接隔過發現「無意」史料的工作，到原始史料中直接引用，好像這些史料的學術意義是自己首次發現，這都是不合學術規則的。在這方面，我個人以為主要靠良心和道德，外在的紀律和規則很難約束。比如你明明是看到別人在文章引述了一則日記中的材料，這則材料對你想要表達的思想或者其他學術有幫助，但你不說明是從別人文章中看到並獲得了史料方向，而是直接找一本原書，把那條已有明確史料方向和意義的日記摘出來，而不加以說明。這樣的情況，外行很難看出來，內行又不好明說。所以只能依靠學術良心和學術道德。古人論學早就講過「當明引不當暗襲」的問題。「明引」是規則，「暗襲」是缺德，要發現「暗襲」還不難，但要明確說明「暗襲」並不容易，在「暗襲」問題上，「暗襲」者有比較開闊的辯解餘地，學術上的事不像法律上的事，確實有只能意會不能明說的現象。

做一個誠實的研究者和做一個誠實的人是一樣的道理。美國查理斯‧李普森提出的學術研究的三個誠實原則，我們應當遵守：A、當你聲稱自己做了某項工作時，你確實是做了。B、當你依賴了別人的工作，你要引注它。你用他們的話時，一定要公開而精確地加以引注，引用的時候，也必須公開而精確。C、當你要介紹研究資料時，你應該公開而真實地介紹它們。無論是對於研究所涉及的資料、文獻，還是別的學者的著作，都應該如此。[1]

---

[1]　查爾斯‧李普森著，郜元寶、李小傑譯：《誠實做學問——從大一到教授》，上海：華東師大出版社，2006 年，第 3 頁。

第二節　史料的共享權

　　研究學術的人，一般都有自己獲得史料的獨特方法。除了常規的學術方法外，史料來源確實有不同的渠道。第一是由於學者所處位置不同，獲得史料的渠道並不平等，最常見的現象是中國的檔案不是依法律可以自由查看的。如果不自由對所有學者是一樣的還可以理解，但事實並不如此。有些學者，因為職務和所處位置特殊，他們常常可以因身份和地位，以特殊方式獲得史料，在這方面，中共黨史研究表現最明顯。因為在使用史料方面具有不平等性，所以對於那些依賴特殊史料條件獲得的學術研究，我們在評價時也要考慮史料獲得渠道這個因素。也就是說，由於學者所處史料地位不平等，他們獲得學術成果有依賴性，如果史料條件不平等，學者的研究成果自然也會有很大差異。一般說來，一項學術成果如果在史料來源上有特殊性，那麼它的學術成果獲得也就有特殊性。西方學術研究，史料來源，基本已沒有特權，但在中國的許多學術研究中，這種現象還時有存在，特別是一些與意識形態相關的研究。這種情況，我們可以初步解釋為史料來源的政治約束。第二是在這種約束外，還有經濟上的約束。也就是說，有些史料的來源和獲得，在很大程度上受制於經濟條件，比如域外史料的獲得或者史料出處明確，但因經濟條件不能方便使用的情況。不過與政治約束相比，經濟條件約束史料的情況，對所有學者在權利方面還是平等的。第三是研究者對史料來源的自我封閉和保密。這種情況相對複雜一些。對學者來說，發現新史料後在自己的研究成果沒有公開前，不願意先行公佈史料來源，這是可以理解的，不在學術道德的範圍內，因為學術研究畢竟是個人的創造性知識活動，相當程度上具有專屬性。但這裡也要區別，史料來源、史料方向和最終的史料結果，還有不同。研究者可以對自己獲得的史料結果有專屬權，也就是前面

說的首發權，但對於史料來源、史料方向、史料可能對學術研究產生的突破性影響等，卻不應當保密。這就是我們常說的史料來源的公開性。我還要強調一點，在史料的公開性方面，對於學術研究主要依賴的基礎性史料，一定要詳細說明來源及獲得方式，如果是利用了特殊身份獲得史料更應當及時詳細說明史料來源，這是史料公開性的基本前提，也是學術道德的題中應有之意。

史料的公開性，在學術研究中是必須注意的一個問題。史料對研究有決定作用，但真正考驗學術水平的不光是史料。總的來說，完全依賴個人尋訪和讀書獲得的新史料，學者個人有權決定自己的公佈形式，但依賴特殊身份或者國家機關給定的客觀條件獲得史料來源或者史料的情況，至少對學者來說，應當及時公佈給同行。史料的公開性有關學術研究權利的平等性，也有關學術道德的純潔性，這個問題和前一問題相關。史料的共用是學術研究的基本規則，史料共用的原則是：1.及時公開史料來源。2.具體說明史料獲得方式。3.史料來源的準確完整。

梁啟超在《清代學術概論》第十三章中總結清代正統學術的特色時，曾概括為十點規則，也應當成為今天我們研究學術的基本守則，這十點是：[1]

1. 凡立一義，必憑證據。無證據而以臆度者，在所必擯。

2. 證據選擇，以古為尚。以漢唐證據難宋明，不以宋明證據難漢唐；據漢魏可以難唐，據漢可以難魏晉，據先秦西漢可以難東漢。以經證經，可以難一切傳記。

---

3. 孤證不為定說。其無反證者姑存之，得有續證則漸信之，遇有力之反證則棄之。

4. 隱匿證據或曲解證據，皆認為不德。

5. 最喜羅列事項之同類者，為比較的研究，而求得其公則。

6. 凡採用舊說，必明引之，剿說認為大不德。

7. 所見不合，則相辯詰，雖弟子駁難本師，亦所不避，受之者從不以為忤。

8. 辯詰以本問題為範圍，詞旨務篤實溫厚。雖不肯枉自己意見，同時仍尊重別人意見。有盛氣凌轢，或支離牽涉，或影射譏笑者，認為不德。

9. 喜專治一業，為「窄而深」的研究。

10. 文體貴樸實簡潔，最忌「言有枝葉」。

　　另外，在學術批評中，我們要養成與人為善的習慣。與人為善，不是沒有原則。我以為在學術批評中，對於明顯的抄襲和違背學術規範的行為，嚴厲一點是應當的，但與人為善的原則還是要提倡。現在有些學術批評，沒有把與人為善當成第一原則，所以在學術批評中，表現出很多令人難以接受的地方。

　　從事學術研究，不可能不出現錯誤，但什麼類型的錯誤，我們做學術批評的人一定要清楚。比如有人在學術論文中出了常識性的錯誤，把人名、地名或者某一句詩記錯了等等，這些錯誤，我以為指出即可。沒有人敢說自己在學術研究中從不出現類似的失誤。但現在有些學術批評，不看學者研究的基本水平和長期在學術界的努力，而是抓住一個錯誤，隨意挖苦，這些我以為都不足取。批評一

個學者，我以為一定要看他們長期的學術努力，如果是努力的學者，對於他們的錯誤，要及時指出，而不是以他們記錯了一個人名或者把一句名詩記錯了作者，甚至一點小的語法失誤，而就輕易懷疑他們的學術水平。在這方面，保持與人為善的心態非常重要。還有一些學者，本來人家從來不以外文水平自誇，偶然在這方面出現一點失誤，批評者也要正確對待。不要以一點失誤，就懷疑學者的學術準備，甚至懷疑學者的人格。

說到學術批評中的人格問題，我以為還是要提倡胡適過去說過的話：政見可以不同，但我們不能輕易懷疑人家的人格。

在學術批評中，我認為失誤可以隨時指出，但不能因為小的失誤就說人家的學術水平如何，這些都不是與人為善的作法。在學術批評中，對於學者的失誤，應當直接指出，最好是以更正的方式，不要用雜文的方式，更不要以自己的長處對別人的短處，所謂知人論世，在學術批評中，就是要顧及學者長期的學術努力，而不是一時一處的失誤。

學術批評中的與人為善原則，還可以表述為不以發現人家的錯誤為快樂。現在有些從事學術批評的人，也包括一些普通讀者，可能在這方面還不自覺。比如有些讀者自己有某一方面的偏好，也有積累，而這恰好是某一學者的短處。一時被看到了，就隨意懷疑學者的基本專業水平，或者恰好讀者正留心某一方面的材料，很容易看出學者的失誤等等。這些作法，其實都應當改進，我覺得用「說明和更正」的辦法比較好，這些常識性的失誤，在現代學術研究中，多數是筆誤或者其他原因造成的，有些與學者關係並不直接，就是直接錯在學者本身，用雜文或者網路語言嘲笑，都不是與人為善的行為。

第三節　網路時代的史料規則

　　網路使學術研究中獲得史料的方法發生了極大變化，這個變化最大的好處是史料線索的極大豐富。從理論上說，面對研究對象可獲得的史料線索已達到無限豐富的程度，只要一則史料曾經被使用或者被提到過，哪怕不是在同一研究課題中出現過，也都有可能在網路中搜索到。網路時代使研究初期獲得基本史料變得非常容易，但真正體現學者研究水平的成果還不可能完全依賴網路獲得，在嚴肅的學術研究中，網路最大的長處是提供資訊。當我們有了網路搜索手段後，並不意味著學者史學素養的不重要，而且在一定程度上可以說對學者的要求是更高了，因為網路是公開的，在獲得一般史料的情況下，學者處於同樣的地位，手段只取決於對網路史源的熟悉程度，這基本上是一個技術問題。

　　在網路時代，獲得史料最重要的是資訊，而資訊的存在很複雜，直接的關鍵字相當程度上並不一定與期待的史料發生聯繫，比如並不是所有魯迅、胡適名字下才有關於他們的史料，他們的筆名、名號、室名、別號、交遊或者表面看起來與他們名字並無關係的史源中，常常會存在大量關於他們的史料，這依然需要研究者讀書獲得。網路時代對研究者最大的考驗是如何在表面看來沒有直接關係的史源中，建立與研究對象的直接關係，這個能力依賴史學素養，也憑藉研究者的想像力。

　　網路使獲得史料的手段發生改變後，同時也對學者的史學道德提出了更高的要求，也就是說，有些史源，如果研究者不自覺提示史源方向或者獲得史源的初始方法，有時候我們會很難發現，特別是在研究領域不相同的情況下。網路提示的許多史源雖然是一個公共資源，但在獲取時，卻有一個學術規則問題，也就是說，在網路時代，凡獲得提示的史源，一般來說都應當說明獲

自何處，特別是網站、目錄、索引性的史源，學者有自覺公開的責任，當然這主要依靠學者的自覺，是一種道德自律。臺灣黃一農曾提出過「E 考證」的說法，主要就是強調網路時代獲取史源的可能，從學術規則來判斷，凡在網路上獲得的史源，專業學者有責任說明來源並提示出最易獲得的初始資訊，由網路獲得目錄、索引資訊後，再尋訪原書、核查原文，可能在今後的研究中是一個基本方法，因為越偏僻的文獻成為網路公共資源的可能性越低，所以研究工作中閱讀原始文獻還是一個基本的方法，不過網路使我們獲取史源的可能性大大提高了。

我們現正處在學術研究的轉型時期，網路的出現，特別是網路搜索功能的發達，使學術研究在發現史料和使用材料方面的手段有了極大變化，過去看起來非常複雜的材料，在今天已變得非常簡單，這裡其實還涉及一個對學術的評價問題。這個問題，今天的學術界可能還沒有清晰意識。我要表達的意思是出現在網路搜索器普遍應運前的學術作品，我們不能與網路搜索器發達以後的學術作品放在同一層面評價，因為當學術手段發生基本變化後，對作者的要求和考驗是不同的。有些材料的得到今天極容易，而過去就極難，還有更多複雜的史料，只有從事過研究的人才能判斷其間的甘苦。

結　語

　　作為學科的中國現代文學研究已有相當長的時間，但它的史料學基礎一直沒有完善起來，這在很大程度上影響了這門學科的專業性，而事實上這門學科的豐富性和相對穩定性已具備了建立史料學的基礎。

　　在中國現代文學的教學中，為了強調這門學科的專業性，應當樹立先有史料基礎，後有文學史觀念的意識，先建立史料理論和史料方法，再來研究中國現代文學的基礎教學模式，而不是單純以文學史為中心，就文學史教文學史。

　　在目前中國現代文學史教學體系中，本科中國現代文學基礎課程中，一般沒有中國現代文學史料的教學安排，雖然在教學中不可避免要涉及到相關史料問題，但史料的獨立地位還不高。作為學科建設，中國現代文學研究者應當自覺意識到依靠史料基礎來提升自己學科的學術地位，應當把中國現代文學史料學作為中國現代文學研究的基礎方向確定下來，在本科生的基礎課程中，強調它的重要性和體系性，不然中國現代文學研究的學科地位就建立不起來。學科地位不能提升的直接後果是本學科的學術人員，最終會以放棄本學科的教學理想，轉而從事其他學科的研究為結果，而學術研究者自身的學術追求也會與原來設定的教學目標越來越遠。中國現代文學研究是建立在完整史料基礎上的一門專業學科，雖然與通常的歷史研究有所區別，但基本方向大體相

同，所以史料基礎的強弱直接關係學科的存在問題，不可不給予
特別注意。

2007 年 9 月至 12 月草成
2009 年 3 月修改於廈門大學中文系

後　記

　　2007 年夏天，周寧兄邀我到廈大中文系教書。我先教了兩門課，一門本科生的《中國現代文學史》，一門碩士研究生的《中國現代文學史料概述》。本書就是在研究生課的講義基礎上修改完成的，原講義約有 20 多萬字，我感覺此類書最不能長，就刪除到現在這個樣子，可能還是長了一點。因為我過去讀此類書，總想在極短時間內，把相關研究方法的核心內容看出來，而越小的書，越能接近這個目標。

　　我追求的是想讓有興趣並試圖做中國現代文學研究的學生，開始接觸這門學科時，在一兩天時間內能對這個學科的基礎史料和研究方法有個初步瞭解，在此基礎上，慢慢培養興趣，逐步積累、體會，最後養成研究習慣。

　　我的努力是把自己研究的感想和基本的研究方法結合起來，既要給出具體的史料類型和可能存在的尋找方法，更要誘導出可能存在的史料方向和學術靈感，後一點尤其重要。

　　我自己不是中國現代文學史科班出身，但我 1985 年就在山西作協《批評家》雜誌當編輯，較早接觸了從王瑤先生以後，相當多中國現當代文學史研究者的寫作，在編輯中體會和感覺到了一些學者的研究方向和學術路徑，也產生了一些自己的看法。

　　本書的缺陷一定很多，我本來也想再教幾年，慢慢成熟後再印出來，但依民兄熱情可感，一再催促，同時我也想為了以後學生方便（免得上課再記筆記），就同意以現在這個樣子和讀者見面了。

　　沒有周寧兄的誠意，沒有依民兄的熱情，我絕對不可能想到寫這麼一本小冊子出來，我要再次感謝他們！

　　　　　　　　　作者　謝泳
　　　　　　2009 年 2 月 28 日於廈門大學中文系

國家圖書館出版品預行編目

中國現代文學史料的搜集與應用 / 謝泳著.--
　　一版. -- 臺北市：秀威資訊科技, 2010.03
　　　面；　　公分. -- (史地傳記類；PC0100)
　　BOD 版
　　ISBN 978-986-221-395-7(平裝)

　　1. 中國當代文學　　2. 中國文化史　3. 文學史
料學

820.908　　　　　　　　　　　　　　99000693

史地傳記類　PC0100

中國現代文學史料的搜集與應用

作　　者 / 謝　泳
主　　編 / 蔡登山
發 行 人 / 宋政坤
執行編輯 / 林泰宏
圖文排版 / 蘇書蓉
封面設計 / 陳佩蓉
數位轉譯 / 徐真玉　沈裕閔
圖書銷售 / 林怡君
法律顧問 / 毛國樑　律師
出版發行 / 秀威資訊科技股份有限公司
　　　　　　台北市內湖區瑞光路 583 巷 25 號 1 樓
　　　　　　電話：02-2657-9211　　　傳真：02-2657-9106
　　　　　　E-mail：service@showwe.com.tw

2010 年 3 月 BOD 一版
定價：210 元

讀 者 回 函 卡

感謝您購買本書，為提升服務品質，請填妥以下資料，將讀者回函卡直接寄回或傳真本公司，收到您的寶貴意見後，我們會收藏記錄及檢討，謝謝！
如您需要了解本公司最新出版書目、購書優惠或企劃活動，歡迎您上網查詢或下載相關資料：http:// www.showwe.com.tw

您購買的書名：_____

出生日期：_____年_____月_____日

學歷：□高中 (含) 以下　　□大專　　□研究所 (含) 以上

職業：□製造業　□金融業　□資訊業　□軍警　□傳播業　□自由業
　　　□服務業　□公務員　□教職　　□學生　□家管　　□其它_____

購書地點：□網路書店　□實體書店　□書展　□郵購　□贈閱　□其他

您從何得知本書的消息？

　　□網路書店　□實體書店　□網路搜尋　□電子報　□書訊　□雜誌

　　□傳播媒體　□親友推薦　□網站推薦　□部落格　□其他_____

您對本書的評價：（請填代號　1.非常滿意　2.滿意　3.尚可　4.再改進）

　　封面設計____　版面編排____　內容____　文／譯筆____　價格____

讀完書後您覺得：

　　□很有收穫　□有收穫　□收穫不多　□沒收穫

對我們的建議：_____

_____

_____

_____

11466
台北市內湖區瑞光路 76 巷 65 號 1 樓

秀威資訊科技股份有限公司　　　收

BOD 數位出版事業部

....

（請沿線對折寄回，謝謝！）

姓　　名：＿＿＿＿＿＿＿＿　年齡：＿＿＿＿　性別：□女　□男

郵遞區號：□□□□□

地　　址：＿＿＿＿＿＿＿＿＿＿＿＿＿＿＿＿＿＿＿＿＿＿＿

聯絡電話：(日)＿＿＿＿＿＿＿＿＿　(夜)＿＿＿＿＿＿＿＿＿

E-mail：＿＿＿＿＿＿＿＿＿＿＿＿＿＿＿＿＿＿＿＿＿＿＿